파블로 네루다 Pablo Neruda

1904년 남칠레 국경 지방에서 철도 노동자의 아들로 태어났다. 열아홉 살에 첫 시집 『황혼의 노래』를 출간했고, 스무 살예 시집 『스무 편의 사랑의 시와 한 편의 절망의 노래』로 대중적 사랑을 받으며 남미 전역에서 가장 유명한 시인이 되었다. 1955~7년에 네루다는 자신의 세번째 아내 마틸데 우루티아에게 바치는 『100편의 사랑 소네트』를 썼다. 한편 『단순한 것들을 기리는 노래』 『에스트라바가리오』 『선장의 시』 등을 썼는데, 이 시집들도 도두 마틸데에게 바쳤다. 1971년 노벨문학상을 수상했다. 1973년 9월 아옌데 정부가 쿠데타로 전복된 주간에 타계했다. 마틸데는 1985년 1월에 세상을 떠났다.

옮긴이 정현종

1939년 서울에서 태어나 연세대학교 철학과를 졸업했다. 1965년 〈현대문학〉으로 등단해 첫 시집 『사물의 꿈』 이후, 『나는 별가저씨』 『떨어져도 튀는 공처럼』 『사랑할 시간이 많지 않다』 『한 꽃송이』 『세상의 나무들』 『갈증이며 샘물인』 『견딜 수 없네』 『정현종 시전집 1·2』 등을 펴냈고, 산문집으로 『숨과 꿈』 『날아라, 버스야』 등이 있다. 한국문학작가상, 이산문학상, 대산문학상, 미당문학상을 수상했다. 서울예술대학 문예창작과와 연세대학교 문과대 교수를 역임했다. 옮긴 책으로 파블로 네루다의 『충만한 힘』 『100편의 사랑 소네트』 『스무 편의 사랑의 시와 한 편의 절망의 노래』 『네루다 시선』과 가르시아 로르카 시선집 『강의 백일몽』 등이 있다. 2004년 칠레 정부에서 전 세계 100인의 시인·소설가에게 수여하는 '네루다 메달'을 받았다.

100편의 사랑 소네트

Cien sonetos de amor

Cien Sonetos de Amor
by Pablo Neruda

Copyright © Pablo Neruda, 1959 and Fundacion Pablo Neruda
Korean Translation Copyright © MUNHAKDONGNE Publishing Corp., 2002

This Korean edition is published by arrangement with
Agencia Literaria Carmen Balcells, S.A.
through Eric Yang Agency, Seoul, Korea.
All Rights Reserved.

이 책의 한국어판 저작권은 에릭양 에이전시를 통해
Agencia Literaria Carmen Balcells, S.A.와
독점 계약한 (주)문학동네에 있습니다.
저작권법에 의해 한국 내에서 보호를 받는 저작물이므로
무단 전재 및 무단 복제를 금합니다.

이 도서의 국립중앙도서관 출판시도서목록(CIP)은
e-CIP 홈페이지(http://www.nl.go.kr/cip.php)에서 이용하실 수 있습니다.
(CIP제어번호: CIP2004001313)

100편의 사랑 소네트

Pablo Neruda
Cien sonetos de amor

● ● ● 파블로 네루다

정현종 옮김

문학동네

* 소네트 : 4·4·3·3행으로 이루어진 14행시. 13세기 이탈리아 민요에서
파생되었으며, 연작 연애시인 경우가 많다.

마틸데 우루티아에게

내 사랑하는 아내여, 나는 잘못된 이름으로 이 소네트를 쓰는 동안 괴로웠다; 그들은 나를 해치고 슬프게 했지만, 그러나 이 작품들을 당신에게 바치며 느끼는 행복감은 사바나처럼 광활하다. 내가 이 일을 하기로 했을 때, 나는, 소네트라는 것이, 고상한 식별력을 가지고, 모든 시대의 시인들이, 은이나 크리스털 또는 대포 소리가 나도록 운을 맞춘 것이라는 걸 잘 알았다. 그러나 —대단히 겸손한 태도로— 나는 이 소네트들을 나무에서 만들어냈다. 나는 그것들에게 불투명한 순수한 물질의 소리를 주었고, 그렇게 해서 그것들이 당신 귀에 닿도록 했다. 숲속이나 해변을 걷고, 숨겨진 호수나 재를 흩뿌리는 지대를 걸으며, 당신과 나는 순수한 나무껍질을 주웠고 물의 오고감과 기후의 조건에 따르는 나무토막들을 주웠다. 그런 부드러워지게 하는 기념품들로, 그러고는 손도끼나 큰 칼과 주머니칼로 나는 이 사랑의 건축물들을 지었고, 열네 개의 판자로 작은 집들을 지었으며, 그리하여, 내가 흠모하고 노래하는 당신의 눈이 그것들 속에 살도록 하였다. 이제 나는 내 사랑의 토대를 공표했고, 이 세기世紀를 당신한테 넘긴다. 당신이 생명을 줄 때에만 살아나는 목제 소네트를.

1959년 10월

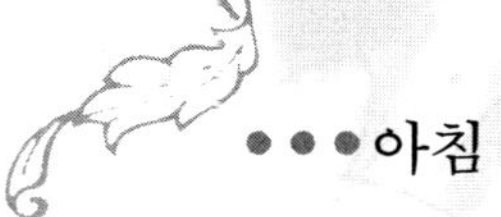

•••아침

마틸데: 식물의 이름, 바위, 또는 와인의,
땅에서 시작하는 것들, 그리고 오래가는 것들의 이름:
그 성숙 속에서 새벽이 처음 열리는 말,
그 여름 속에 레몬의 빛이 터지는 말.

목선들이 그 이름 속으로 항해하고
타는 듯이 푸른 파도가 그들을 둘러싼다:
그 글자들은 내 바싹 마른
가슴으로 흘러드는 강물.

세계의 향기를 향해 있는
숨겨진 터널로 가는 문처럼
오 얽힌 포도넝쿨 속에 드러나는 이름이여!

당신의 뜨거운 입으로 내게 쇄도해다오 ; 당신의
밤-눈으로 나를 심문해다오, 원한다면—나로 하여금
한 척의 배처럼 당신의 이름을 통해 나아가게 해다오 ;
거기서 쉬도록 해다오.

사랑이여, 키스에 이르기까지 얼마나 머나먼 길인지,
당신과 함께하려고 움직이는 외로움이라니!
비와 함께 뒹굴며 우리는 단둘이 길을 간다.
탈탈Taltal에는 새벽도 없고 봄도 없다.

허나 당신과 나, 사랑이여, 우리는 함께다,
우리 옷에서부터 우리의 뿌리에 이르기까지 :
가을에 함께이고, 물에서, 히프에서 함께다,
오로지 당신과 나 단둘이 있을 수 있을 때까지.

노력했던 걸 생각한다, 그 흐름이 그렇게
많은 돌을 날랐던 걸, 보로아 삼각주의 물을 ;
당신과 나, 기차와 나라들로 갈라져 있어도,

우리는 다만 서로 사랑했던 걸 생각한다 :
모든 혼란, 남자들과 여자들 더불어,
카네이션을 솟아나게 하고 꽃피게 하는 땅과 더불어!

쓰디쓴 사랑이여, 가시투성이 열정의 덤불 속
가시관을 갖고 있는 제비꽃,
슬픔의 창槍, 분노의 화관花冠: 당신은 어떻게
내 영혼을 정복했지? 어떤 슬픈 길이 당신을 데려왔지?

왜 당신은 당신의 부드러운 불을 그렇게 빨리,
내 생명의 서늘한 잎 위에 쏟아부었지?
누가 당신에게 길을 일러주었지? 어떤 꽃이,
어떤 바위, 어떤 연기가 내가 사는 곳을 알려주었지?

땅이 진동했기 때문이지─그랬다─그 굉장한 밤;
그런 뒤 새벽이 그의 술로 모든 술잔을 가득 채웠고
하늘의 태양이 떠올랐다;

안에서는 지독한 사랑이 나를 휘감고 있는 동안─
그게 그 가시와 칼로 나를 찌르고
내 가슴을 베어 그슬린 길을 만들 때까지.

당신은 기억하리 달콤한 냄새가
피어오르고 흔들리는 도약하는 시냇물을,
때때로 물과 느림을
지니고 있는 새, 그 겨울 깃털을.

당신은 그 땅의 선물들을 기억하리:
지울 수 없는 향기들, 금빛 흙,
덤불 속의 잡초와 미친 뿌리들,
칼과도 같은 마법의 가시들을.

당신은 기억하리 당신이 따서 만든 꽃다발,
그늘들과 고요한 물,
거품으로 덮인 돌과도 같은 꽃다발을.

그 시간은 있을 법하지도 않았고 항상 있을 것 같기도 했다.
그래서 우리는 그리로 간다, 아무것도 기다리고 있지 않은
거기로;
그리고 모든 게 거기서 기다리고 있다.

나는 당신의 밤이나 당신의 공기 또는 새벽을 가졌던 게 아
니다.
다만 땅을, 송이송이 과일의 진실을,
단물을 마실 때 부풀어오르는 사과들,
흙과 달콤한 냄새나는 당신 땅의 수지樹脂를 갖고 있었을
뿐.

당신의 두 눈이 비롯된 퀸차말리에서부터
나를 위해 당신의 두 발이 만들어진 프론테라에 이르기까
지,
당신은 내 검은 허물없는 흙:
당신의 히프를 잡으면서 나는 들의 밀을 다시 잡는다.

아라우코 출신 여자인 당신은 아마 몰랐을 거야
내가 당신을 사랑하기 전 어떻게 당신의 키스를 잊고 있었
는지.
허나 당신의 입을 생각하며 내 심장은 계속 뛰었고, 나는

상처입은 사람처럼 거리를 계속 걸어갔다,
사랑이여, 내가 내 자리를 찾았음을,
키스와 화산들의 땅을 찾았음을 알았을 때까지.

숲에서 길을 잃고, 나는 검은 잔가지를 하나 꺾어
내 목마른 입술에 그 속삭임을 들어올렸다:
그건 비가 우는 소리 같았고
꺼어진 종이나 찢긴 심장의 소리 같았다.

덜리서 들려오는 어떤 것 : 그건 깊고
은밀해 보였다, 땅에 숨겨지고,
거대한 가을들에 감싸여 잦아든 외침
나뭇잎들의 축축하고 반쯤 열린 어둠에 싸인.

거기 꿈꾸는 숲에서 깨어나면서, 풋개암이
내 혀 끝에서 노래했고, 그 떠도는 향기는
내 깨어 있는 마음으로 올라왔다.

문득 내가 남겨놓았던 뿌리가
나를 부르기라도 한 듯이, 내 어린 시절과 함께 잃어버린
땅이 나를 부르기라도 한 듯이—
그리고 나는 멈춰 섰다, 떠도는 향기에 상처입고.

“나와 함께 가요” 내가 말했는데, 아무도
어디인지 몰랐고, 내 고통이 얼마나 고동치는지 몰랐다,
내게는 카네이션도 뱃노래도 없었고,
사랑이 드러내놓은 상처만 있었다.

나는 다시 말했다: “나와 함께 가요” 마치 내가 죽어가는
듯이,
그리고 내 입 속에서 피 흘리는 달,
또는 피가 침묵으로 솟구쳐오른 걸 아무도 보지 못했다.
사랑이여, 이제 우리는 그런 가시 있는 별을 잊을 수 있다!

그래서 당신의 목소리가 “나와 함께 가요”를 되풀이하는 걸
들었을 때, 그건 마치 당신이 그 슬픔, 그 사랑, 코르크로 막
아놓은
와인의 분노를 그냥 터져나오게 내버려두는 것 같았다

깊은 데서 솟아올라 넘치는 간헐천 같은 것들을:
입 속에서 나는 그 시련의 맛을 다시 느끼고

피와 카네이션, 바위와 덴 상처의 맛을 다시 느꼈다.

당신의 눈이 달의 색깔이 아니었다면,
흙과 일과 불로 가득 찬 낮 빛이 아니었고,
삼가면서도 공기처럼 민첩한 우아함으로 움직이지 않았다면,
당신이 만일 호박琥珀색 일 주일이 아니었다면,

가을이 포도넝쿨을 따라 기어오르는
그 황색의 때가 아니었더라면;
만일 당신이 향기로운 달이 빚은 빵―
그 가루를 하늘에 뿌리며 빚은 빵이 아니었다면,

내 사랑이여, 나는 당신을 이토록 사랑할 수 없으리!
그러나 내가 당신을 안을 때 나는 존재하는 모든 것을 안는
다 ―
모래, 시간, 비의 나무,

모든 게 살아 있고 그래서 나도 살아 있을 수 있다:
움직이지 않고도 나는 그것들을 모두 볼 수 있다:
당신의 생명 속에 나는 살아 있는 모든 걸 본다.

파도가 쉴새없는 바위에 부서지는 데서
맑은 빛은 터져 그 장밋빛을 연출하고,
해원海圓은 한 다발 봉오리로 줄어든다,
떨어지며 한 방울 푸른 소금으로.

오 거품 속에 터지는 눈부신 매그놀리아여,
마음을 끄는 덧없는 것, 그 죽음이 꽃피고
또 존재로 그리고 무로 영원히 사라져버리는 것.
부서진 소금, 바다의 눈부신 움직임이여.

당신과 나, 사랑이여, 우리는 함께 침묵을 승인한다,
바다가 그 영원한 조상彫像을 부수고
거친 속도와 백색의 탑들을 무너뜨리는 동안:

질주하는 물, 끊임없는 모래의
그 보이지 않는 직물이 짜여지는 속에서
우리는 하나밖에 없고 영구한 다정함을 만드느니.

이 미인은 부드럽다―마치 음악과 목재,
마노, 옷감, 밀, 환하게 빛나는 복숭아들이
한 붙잡기 어려운 조상彫像을 만든 듯이.
이제 그녀는 파도를 거슬러 자기의 신선함을 발한다.

바닷물은 마악 모래 위에 생긴 발자국을 따라
볕에 탄 발을 적신다.
이제 그녀는 여자다운 장미의 불,
태양과 바다가 맞서 싸웠던 유일한 거품.

오 차가운 소금말고는 아무것도 당신을 만지지 말았으면!
사랑조차도 그 온전한 봄철을 방해하지 말았으면!
아름다운 여자, 끝없는 거품의 메아리여,

물 속에 있는 그대의 조각과도 같은 히프가
백조나 백합의 새로운 척도가 되었으면,
그리고 저 영원한 수정을 따라 그대의 형상을 띄워보냈으
면.

나는 당신의 입, 당신의 목소리, 당신의 머리카락을 갈망
한다.
말없이 그리고 굶주려 나는 거리를 헤맨다.
빵은 나를 부양하지 못하고, 새벽은 나를 불안하게 했으며,
하루 종일
당신 발걸음의 액상液狀 음향을 추적한다.

나는 당신의 윤기 있는 웃음을 갈망하고,
야생 수확물 색깔의 당신 손을,
손톱의 엷은 색 돌들을 갈망하며,
당신의 피부를 온전한 아몬드처럼 먹고 싶다.

당신 사랑스런 몸에서 반짝이는 햇빛을 먹고 싶고,
그 오만한 얼굴의 지고한 코를,
당신 속눈썹의 언뜻 지나가는 그늘을 먹고 싶다,

그리고 퀴트라투에의 불모지에 사는 퓨마처럼,
나는 굶주려, 황혼을 냄새 맡으며 헤매고,

당신을, 당신의 뜨거운 가슴을 탐색한다.

풍만한 여자, 살 · 사과, 뜨거운 달,
해초의 짙은 냄새, 가장한 진흙이며 빛,
어떤 은밀한 투명함이 당신의 원주圓柱들에 두르 열리는가?
그 어떤 옛 밤을 한 남자는 자기의 감각들로 느끼는가?

오, 사랑은 물과 별들 더불어 하는 여행,
익사하는 공기와 분말의 폭풍 더불어;
사랑은 번개들의 충돌,
하나의 꿀에 제압당한 두 몸,

키스를 하며 나는 그대의 작은 무한을 여행한다,
그대의 경계들, 강들, 작은 마을들을;
그리고 생식의 불 ─ 변형되고, 맛있는 ─이

피의 좁은 길로 미끌어져 들어간다
신속히, 밤의 카네이션처럼 쏟아부을 때까지:
어둠 속의 빛 외엔 아무것도 없을 때까지.

당신 발에서 머리로 솟아오르는 빛,
당신의 고운 자태를 감싸고 있는 힘,
그것들은 진주층이 아니고 차가운 은도 아니다:
당신은 빵으로 만들어졌다, 불이 숭앙하는 빵.

곡식은 거둘 즈음 키가 다 자라 있었고, 당신 속에서,
밀가루는 제때에 부풀어올랐다;
밀가루 반죽이, 당신의 젖가슴을 배가하면서, 부풀었을 때
나의 사랑은 땅 속에서 탈 준비가 되어 있는 석탄이었다.

오, 빵인 당신의 이마, 다리, 당신의 입,
아침의 빛과 함께 태어나고 내가 탐식하는 빵,
나의 사랑, 빵집들의 깃발.

불은 당신한테 피의 교과를 가르쳤다;
당신은 밀가루에서 당신의 신성함을 알았고
빵에서 당신의 언어와 향기를 배웠다.

당신 머리카락을 기릴 시간이 넉넉지 않다.
머리카락 하나하나를 자세히 말하고 그것들을 기려야 한
다.
다른 사람들은 사랑하면서 특별한 눈을 갖고 살고자 한다;
나는 다만 당신의 스타일리스트이고 싶다.

이탈리아에서 그들은 당신을 메두사라고 불렀는데,
당신 머리카락의 높이 곤두서는 빛 때문이었다.
나는 당신을 곱슬머리, 나의 얽힘이tangler라고 부른다;
내 마음은 당신 머리카락의 출입구를 알고 있다.

당신이 당신 머리카락 속에서 길을 잃게 될 때에는
나를 잊지 말고, 내가 당신을 사랑한다는 걸 기억하기를.
내가 길을 잃고 ─당신의 머리카락 없이─

그늘지고 헤매는 슬픔에 찬 텅 빈
길들로 얽힌 어두운 세상을 떠돌지 않도록 해주기를,
당신 머리카락의 높은 탑을 비추며 해가 떠오를 때까지.

땅은 이제 당신을 오랫동안 알아왔다:
당신은 빵처럼 단단하다, 또는 나무처럼;
당신은 한 몸이며, 절대적인 요소들의 송이;
당신은 아카시아의 인력, 귀중한 식물의 무게를 갖고 있다.

당신의 눈이, 열린 창처럼 확 열려
그 빛을 사물들에 던지기 때문에만 당신이 있는 건 아니라
는 걸 안다 —
당신은 흙으로 빚어지고, 칠란에서, 놀라운 아도비 벽돌로
만든 오븐 속에서,
구워졌기 때문에 존재하기도 한다는 걸 안다.

존재들: 그들은 공기처럼, 또는 물이나 추위처럼 소산消散
한다.
그들은 흐릿하며, 시간이 그들을 만지면
죽기도 전에 먼지로 부서지듯이 사라져버린다.

허나 당신은 나와 함께 바위처럼 무덤에 떨어지리:

소모되지 않은 우리 사랑 덕분에
땅은 삶을 계속하리.

나는 당신—한 줌의 땅을 사랑한다.
행성처럼 광대한 초원이 있으니,
나는 다른 별을 갖고 있지 않다. 당신은 내
증가하는 우주의 복사複寫.

당신의 큰 눈은 사라진 천체에서
내가 아는 유일한 빛;
당신 피부는 유성의 줄기처럼
빗속에서 고동친다.

당신 히프는 나한테는 달;
당신의 깊은 입과 그 기쁨은 태양;
긴 붉은 광선으로 타오르는 당신의 가슴은,

그늘 속의 꿀처럼 불타는 빛.
그리하여 나는 키스하며 당신의 불타는 형상을
가로질러 간다 —작고도 행성과 같은, 내 비둘기, 나의 지
구.

나는 당신이 소금-장미나 황옥이기라도 한 듯 당신을 사랑
하지 않아,
불이 뿜어내는 카네이션의 화살인 듯이도.
어떤 알려지지 않은 게 사랑받듯 당신을 사랑한다,
은밀히, 그늘과 영혼 사이에서.

꽃은 피지 않지만 그 속에 숨겨진 꽃의 빛을
지니고 있는 식물처럼 당신을 사랑해;
당신으로 하여 어떤 순수한 향기가
땅에서 피어올라 내 몸 안에 살고 있다.

어떻게, 언제, 어디로부턴지 모른 채 당신을 사랑해.
복잡함과 자만 없이 솔직하게 당신을 사랑해;
그리하여 나는 당신을 바로 이렇게

사랑해 : 내가 없는 곳에 당신도 없고,
내 가슴에 얹은 당신의 손이 바로 내 손이며,
내가 잠들 때 당신의 눈은 감긴다.

당신은 산 속에서 미풍처럼 움직인다,
눈 아래서 녹아내리는 급류처럼:
숱 많은 머리카락은 드높은 태양의 장식인 듯
고동치며, 나를 위해 그 고동을 되풀이한다.

코카서스의 모든 빛이 당신의 몸을 가로질러 떨어진다
작은 꽃병인 듯, 무한히 굴절하며, 그 속의
물은 옷을 바꿔 입고, 먼 강물의
모든 움직임으로 노래한다.

옛 전사의 길은 언덕을 따라 구불구불 나 있고, 밑에는
오랜 요새들: 그것들이 그 광물성 손들에
쥐고 있는 물이 칼처럼 격렬하게 빛난다:

숲이 당신한테
문득 푸른 꽃들의 잔가지 —번쩍이는 번개 —를 보내고
숲 냄새의 기묘한 야생 화살을 보낼 때까지.

이슬라 네그라의 거대한 바다 거품,
푸른 소금, 파도 속의 태양이 당신한테 부딪혀 튀는 동안,
나는 벌이 우주의 꿀에
탐닉하면서 움직이는 걸 본다.

그건 오고 간다, 보이지 않는 전선電線 위로 미끌어지는 듯
그 어슴푸레한 연속 비행을 균형잡으며:
그 우아한 춤, 그 목마른 허리,
그 초라하고 작은 침針의 암살.

오렌지와 가솔린 빛 무지개 속으로
풀숲의 비행기처럼 그건 사냥한다;
대못의 낌새를 갖고 그건 날며 그리고 사라진다;

당신이 벌거벗은 채 바다에서
소금과 태양으로 가득한 채 세계로 돌아올 때:
반향하는 조상彫像, 모래 속의 칼.

내 추한 이, 당신은 지저분한 밤栗이다.
내 아름다운 이, 당신은 바람처럼 이쁘다.
추한 이 : 당신의 입은 입 두 개를 합한 것만큼 크다.
아름다운 이 : 당신의 키스는 새로 나온 참외처럼 신선하다.

추한 이 : 어디에 당신은 당신 젖가슴을 감췄나?
그것들은 빈약해서, 작은 두 술의 밀이다.
나는 당신의 가슴에서 두 개의 달을 보고 싶고
두 개의 크고 당당한 탑을 보고 싶다.

추한 이 : 바다조차도 당신의 발톱 같은 건 가지고 있지 않
다.
아름다운 이 : 꽃으로, 별로, 파도로
사랑이여, 하나하나 나는 당신 몸의 목록을 만들었다 :

내 추한 이, 나는 당신의 황금의 허리 때문에 당신을 사랑
한다 ;
내 아름다운 이, 당신 이마의 주름살 때문에.

  내 사랑:당신의 투명함 때문에, 당신의 불투명 때문에 나
는 당신을 사랑한다.

사랑이 나를 통해서 그 맛을 퍼트려 준다면?
—봄 없이는 한순간이라도 더 나아가지 않는다면!
내가 슬픔에 팔아넘긴 건 내 손뿐,
제일가는 사랑아, 네 키스와 함께 나를 남겨두렴.

네 향기로 달month의 빛을 막아버려라;
네 머리카락으로 모든 문들을 닫으렴.
내 만일 울면서 잠을 깬다면, 잊지 말아줘
그건 내가 꿈에 길 잃은 아이라서 그런다는 걸

밤의 나뭇잎 사이로 네 손을 찾아다니고,
밀과도 같은 네 애무를,
어둠과 에너지의 번쩍이는 환희를 찾아다녔다는 걸.

내 제일가는 사랑아, 네 꿈 내내
나와 함께 걷는 거긴 어둠뿐이다:
빛이 되돌아오면 나한테 말해다오.

O22

사랑이여, 얼마나 자주 나는 당신을 보지 못하는 채 사랑했
는지 ―당신을 생각해내지도 못하는 채 ―
당신의 시선을 알아보지 못하고, 당신을 알지 못하고, 뜨
거운
대낮에, 시들어, 있을 곳이 아닌 데 있는 용담꽃,
허나 나는 오로지 밀 냄새를 사랑했다.

내가 당신을 봤는지도 모른다, 양골에서 여름 달빛 아래
포도주 잔을 들어올리는 당신을 상상하며;
또 당신은 그늘 속에서 내가 튕긴 기타의 허리였는지
사나운 바다처럼 울렸던 그거 말이야.

나는 사랑하는지도 모르는 채 당신을 사랑했다; 나는 당신
을 생각해내려 했다.
당신과 닮은 모습을 훔치려고 나는 집들에 침입했다,
당신이 어떻게 생겼는지 나는 이미 알고 있었기는 하지만.
그리고 문득,

당신이 나와 함께 있게 되었을 때 나는 당신을 만졌고, 내 삶은

정지했다: 당신은 내 앞에 서 있었고, 여왕처럼 지배했다:

숲속의 불처럼, 그리고 그 불꽃은 당신의 지배력이다.

빛을 위한 불, 빵 때문에 원한에 찬 달,
그 멍든 비밀 둘레를 문지르는 자스민:
그리고 겁나는 사랑으로부터, 부드럽고 흰 손이
내 눈에 평화를, 내 오관에 태양을 퍼부었다.

사랑이여, 얼마나 빨리 당신은
상처 있던 자리에 기분 좋은 견고함을 만들어놓았는가!
당신은 맹금의 발톱을 물리쳤고, 이제
우리는 세계 앞에 하나의 삶으로 서 있다.

그건 옛날에도 그랬고, 지금도 그러하며, 앞으로도 그럴 것
이다,
내 야생의 달콤한 사랑, 내 사랑하는 마틸데여,
시간이 날의 마지막 꽃으로 우리한테 신호를 보낼 때까
지 :

그러면 당신도 나도 빛도 없을 터이지만,
그래도 이 땅을 넘어서, 그 그늘진 어둠을 넘어서

우리 사랑의 광휘는 살아 있으리.

사랑, 사랑아, 구름은 하늘의 탑을 올랐다
의기양양한 세탁부들처럼, 그리고 그건 온통
푸르름으로 빛났다, 온통 하나의 별인 듯이,
바다와 배와 날은 모두 추방되었다.

오서 바깥의 물 버찌를 보렴,
탁 트인 우주를 여는 그 둥근 열쇠를
와서 이 순식간에 푸르른 불을 만져보렴,
그 꽃잎이 시들기 전에.

여기는 빛과 양量과 무리들뿐,
거품의 마지막 비밀을 포기할 때까지
바람의 은혜로 열리는 공간뿐.

수많은 푸르름 ―하늘의 푸르름, 물 밑의 푸르름 ―속에서
우리의 눈은 헷갈려 바닷속의 비밀을 여는 열쇠인
공기의 힘을 보아내기 어렵다.

당신을 사랑하기 전에, 사랑이여, 내 것은 아무것도 없었
다:
거리를, 물체들 사이를 나는 비틀거리며 다녔다:
아무것도 중요하지 않고 이름을 가진 것도 없었다:
세계는 기다리는 공기로 되어 있었다.

나는 재 가득한 방들을 알고 있었고,
달이 산 터널들도 알고 있었다,
"어서 꺼져"라고 으르렁거리는 버려진 창고들,
모래 속에서 강조되었던 질문들.

모든 게 텅 비고, 죽고, 벙어리고,
붕괴하고, 포기되고, 부패해 있었다:
믿을 수 없을 만큼 동떨어져, 그것들은 모두

어떤 다른 사람 것이었으며—누구의 것도 아니었다:
너의 아름다움과 너의 가난이
그 가을을 선물들로 가득 채워주기 전까지는.

이키쿠의 무시무시한 사구砂丘의 빛깔도
과테말라의 둘세 강 하구도 그 어떤 것도
밀에 정복된 당신의 모습을 바꾸지는 못했다,
당신의 포동포동한 포도의 자태, 당신의 기타 - 입도.

오 내 사랑, 나만의 것이여, 모든 정적 이전부터
얽힌 포도넝쿨 덮인 고지에서
황량한 백금색 평원에 이르는
모든 순수한 풍경 속에서, 땅은 당신을 모방했다.

허나 언덕들의 수줍은 광물성 손길도
티벳의 눈도, 폴란드의 돌도―그 어떤 것도
이동하는 밀알 같은 당신의 자태를 바꾸지 못했다:

마치 흙이나 밀밭, 기타나 칠란의 과일 송이들이
당신 속에서 자기들의 자리를 알아차리듯이 : 야생의
달의 의지로 그들은 자기들이 당신 것임을 알린다.

알몸일 때, 너는 네 손처럼 단순하다,
매끄럽고, 흙 같고, 작고, 투명하고, 둥글다:
너는 달의 선들moon-lines, 사과의 오솔길을 갖고 있다:
벗으면, 너는 벗긴 밀알처럼 날씬하다.

알몸일 때, 너는 쿠바의 밤처럼 푸르다;
머리카락 속에 포도넝쿨과 별들을 갖고 있다;
벗으면, 너는 금빛 교회 안의 여름처럼
널찍하고 누르스름하다.

알몸일 때, 너는 네 손톱처럼 작다 —
굴곡이 있고, 미묘하고, 장밋빛이다, 날이 밝아
옷과 가사家事의 긴 터널 같은

지하세계로 네가 물러갈 때까지는:
그러면 너의 밝은 빛이 흐려지고, 옷을 입고 — 잎들을 떨어
뜨리고 —
다시 맨손이 된다.

사랑이여, 씨앗마다 행성마다 온통
어두운 나라들을 속속들이 그 그물로 훑는 바람,
피투성이 구두 신은 전쟁,
또는 가시투성이 밤의 세월.

섬과 다리들과 깃발들, 그 어딜 가든지
거기엔 짧은 가을의, 총알 레이스가 달린 바이올린,
포도주 잔 가장자리로 메아리치는 행복,
그 눈물의 교훈으로 우리를 지체케 하는 슬픔이 있었다.

그 모든 공화국들에 바람이 몰아쳤다 ─
그 오만한 천막들, 그 차가운 머리카락에;
그 바람은 나중에, 그들이 한 일에 꽃을 주기도 할 터였다.

허나 시드는 가을은 우리한테 미치지 못했다.
그리고 우리의 흔들리지 않는 자리에 사랑이 솟아 자라났다:
이슬과도 같은 권능을 부여받은 사랑이.

너는 가난으로부터 왔다, 남쪽의 집에서,
추위와 지진의 험악한 풍경으로부터, 그리고
그게 우리한테 ─ 그 신들이 무너져 굴러
죽은 뒤에 ─ 흙으로 만든 삶의 교훈을 주었다.

너는 검은 흙으로 빚은 작은 말이고, 검은
진흙의 키스, 내 사랑, 흙 양귀비,
길을 따라 날아간 황혼의 비둘기,
우리 가난한 어린 시절 이래 눈물의 저금통.

귀여운 사람, 너는 가난의 마음을 네 속에 간직했고,
네 발은 날카로운 바위에 익숙했으며,
네 입은 빵이나 과자를 항상 먹지는 못했다.

너는 가난한 남쪽에서 왔다, 내 영혼이 비롯한 거기;
그 높은 하늘에서 네 어머니는 내 어머니와 함께
아직도 빨래를 하고 계시다. 그게 내가 당신을 고른 이유이
지, 동반자여.

너는 군도群島산 낙엽송의 짙은 머리카락을 가졌다,
기나긴 세기 동안 만들어진 피부,
삼림의 바다를 알았던 혈관을 가졌고,
하늘에서 기억 속으로 떨어진 초록 피를 가졌다.

아무도 내 잃어버린 가슴을
그 모든 뿌리들에서, 물에 비쳐 증가하는 태양의
신선한 빛에서 되찾아주지 못하리라.
거기가 그게 사는 곳, 나를 따르지 않는 그늘이니.

그리고 그게 네가 붐비는 깃과 수목으로 왕관 쓰고
한-섬처럼 남쪽에서 솟아오른 이유 :
나는 표류하는 삼림의 향기를 냄새 맡았고,

숲에서 내가 안 검은 꿀을 발견했다 ;
너의 히프에서 나는 그 흐릿한 꽃잎들을 만졌느니
나와 함께 태어나고 내 영혼을 만든 그것들을.

내 몸의 귀여운 여왕, 나는 당신에게
남쪽 산 월계수와 로타 산 꽃박하로 만든 왕관을 씌운다.
그리고 당신은 그 왕관 없이는 안 되리, 땅이
발삼나무와 푸른 잎으로 당신을 위해 만든 그것.

당신을 사랑하는 남자처럼, 당신은 푸르른 지방에서 왔다 :
거기서 우리는 우리 핏속에 흐르고 있는 흙을 가져왔다.
도시에서 우리는 다른 나라 사람인 듯, 갈피를 못 잡고,
우리가 가기 전에 시장이 문 닫으면 어쩌나 하며 돌아다
녔다.

내 사랑, 당신의 그림자에서는 자두 냄새가 난다 ;
당신의 눈은 남쪽에 그 뿌리를 두고 있다 ;
당신 가슴은 비둘기처럼 빚어진 흙 장난감.

당신의 몸은 물 속의 돌처럼 매끈하다 ;
당신의 키스는 이슬 맺힌 과일 송이.
나는 당신 옆에서 살며, 땅과 함께 산다.

오늘 아침 이 집은 ─담요와 깃털, 이미 유동하는
하루의 시작, 그 뒤섞인 진실들과 함께 ─
질서와 잠의 수평선 사이에서
초라한 작은 보트처럼 표류한다.

물건들은 오로지 질질 끌고 싶어한다:
흔적들, 동질화 추종자들, 차가운 유물들.
종이들은 그들의 시든 모음들을 숨기고,
병 속의 포도주는 어제를 계속하고 싶어한다.

허나 당신 ─정리하는 사람인 ─당신은
어둠에 잃었던 공간을 더듬으며, 벌처럼 아른아른 빛난다:
당신의 흰 에너지로 빛을 정복하며.

그리하여 당신은 여기에 새로운 명료함을 만들고
물건들은 복종한다, 생명의 바람을 따르며:
한 질서가 그 빵을 만든다, 그 비둘기를.

●●●오후

사랑이여, 우리는 이제 집으로 돌아간다,
격자 위로 포도넝쿨이 기어오르는 곳:
당신보다도 앞서 여름이 그
인동넝쿨을 타고 당신 침실에 도착할 것이다.

우리 방랑생활의 키스들은 온 세상을 떠돌았다:
아르메니아, 파낸 꿀 덩어리―:
실론, 초록 비둘기―: 그리고 오랜 참을성으로
낮과 밤을 분리해온 양자강.

그리고 이제 우리는 돌아간다, 내 사랑, 찰삭이는 바다를 건너
담벽을 향해 가는 두 마리 눈 먼 새,
머나먼 봄의 둥지로 가는 그 새들처럼:

사랑은 쉼 없이 항상 날 수 없으므로
우리의 삶은 담벽으로, 바다의 바위로 돌아간다:
우리의 키스들도 그들의 집으로 돌아간다.

당신은 바다의 딸, 꽃박하의 친사촌이다.
헤엄치는 사람, 당신 몸은 물처럼 순수하다 ;
요리사, 당신의 피는 흙처럼 상쾌하다.
당신이 하는 모든 건 꽃으로 가득하고, 땅으로 풍부하다.

당신의 눈길이 물로 가면, 물결이 인다 ;
당신의 손길이 흙으로 가면, 씨앗들이 부풀어오른다 ;
당신은 안다 당신 속에서 진흙을 위한 공식처럼
결합된 물과 흙의 깊은 본질을.

나이아드여 당신의 몸을 잘라 터키석 조각으로 만들라,
그들은 부엌에서 꽃피어 부활하리니.
그렇게 당신은 살아 있는 모든 것이 된다.

그리하여, 마침내, 당신은
어둠을 밀어내어 당신을 편히 쉬게 하는 내 팔의 원 속에서
잠든다
식물들, 해초, 약초들 : 당신 꿈들의 거품.

당신의 손은 내 눈을 떠나 날day 속으로 날아갔다.
빛은 와서 장미 정원처럼 열렸다.
모래와 하늘은 터키석에 새겨진
한창때의 꿀벌통처럼 고동쳤다.

당신 손은 종처럼 울리는 음절들을 만졌고,
컵들과 노란 기름으로 가득한 통들,
꽃잎, 샘물, 그리고 무엇보다도 사랑을 만졌다,
사랑이여 : 당신의 깨끗한 손은 국자들을 지켰다.

오후는…… 그랬다. 조용히 밤은
잠든 남자 위로, 그 천상의 피막을 살그머니 움직였다.
인동덩굴은 그 슬픈 야생 향기를 퍼뜨렸다.

그러자 당신 손은 날개 쳤고, 다시 날아왔다 :
그건 잃어버렸다고 내가 생각한 그 날개, 그 깃을
어둠이 삼켜버린 내 눈 위에서 접었다.

내 사랑, 벌꿀통과 뒤뜰의 여왕,
실과 양파의 귀여운 표범,
나는 당신의 소규모 제국이 반짝이는 걸
보기 좋아한다 : 당신의 무기인 밀랍과 와인과 기름,

마늘, 그리고 당신의 손을 위해 열리는 흙,
당신 손에서 점화되는 푸른 재료,
샐러드로 옮겨가는 꿈의 이동,
정원 호스 속에 똬리를 튼 배암.

향기를 피워올리는 낮을 갖고 있는 당신,
멋진 비누거품이 묻어 있는 당신,
내 굉장한 사다리와 계단을 오르는 당신.

당신은 돌본다 : 내 육필마저, 그 특질도,
내 공책의 모래알까지도 ―그 속에서
당신의 입을 찾고 있던 잃어버린 음절을 찾아내며.

사랑, 오 미친 듯한 태양광선과 심홍색 예감이여,
당신은 나한테 와서 당신의 서늘한 계단을 오른다,
시간이 안개로 왕관을 씌운 성城,
닫힌 가슴의 빛 바랜 벽.

아무도 알 수 없으리, 오직 섬세함만이
한 도시만큼 튼튼한 수정체를 만든다는 걸;
흘러내린 피는 그 슬픈 터널들을 열었으나 그 힘은
겨울을 압도하지 못했다는 걸. 사랑이여,

그리하여 당신의 입, 당신의 피부, 당신의 빛, 당신의 슬픔
들은
모두 삶의 유산이었고, 축복받은
비의 선물이었으며, 비옥한 씨앗들과

지하실 포도주의 은밀한 폭풍우,
흙 속의 옥수수의 너울거리는 불꽃을
품고 들어올리는 자연계의 선물이었다.

당신의 집은 한낮의 기차 소리를 낸다:
벌들은 붕붕거리고, 냄비들은 노래하고,
폭포는 보슬비가 한 일을 열거하고,
당신의 웃음은 그 전음顫音을 야자수처럼 길게 끈다.

벽의 푸른빛은 노래하는 전보를 전하는
시골 아이처럼 와서 바위와 이야기하고, 그리고 저기 —
두 그루 무화과나무 사이로, 초록 목소리를 내며 언덕을 오
르는 —
호머가 소리나지 않는 샌들을 신고 언덕을 올라온다.

오직 여기서만 도시는 소리 없고, 입 없고,
냉혹하지 않고, 소나타 없고, 고함이나 자동차 경적 없다:
대신, 폭포와 사자들의 조용한 연설

그리고 당신만이 있을 뿐 — 일어서고, 노래하고, 뛰고, 걷
고, 구부리고,
심고, 바느질하고, 음식 하고, 망치질 하고, 쓰고, 돌아온

다―

　혹은 떠나버렸던가 ―?―(그러면 나는 겨울이 시작된 걸 알
게 되겠지)

그러나 나는 당신의 손이 뿌리들을 키운 걸 잊었다,
당신의 지문이 자연의 평화
속에서 활짝 필 때까지
얽힌 장미에 물을 주었다는 걸.

애완동물처럼 당신의 괭이와 물뿌리개가
당신을 따라다닌다, 물어뜯고 땅을 핥으며.
그런 식으로 당신은 이 풍부함을
카네이션의 불타는 신선함을 풀어놓는다.

나는 당신의 손을 위해 벌들의 사랑과 위엄을 바란다,
그들의 투명한 혈통을 땅 속에 섞고 뿌리는 손:
그건 내 가슴마저 경작한다,

그리하여 나는 그을은 바위―당신이 숲에서 길어온
물을 마시기에 당신이 가까이 오면
문득 당신의 목소리로 노래하는 그을은 바위와 같다.

그건 초록이었다, 그 침묵은 ; 빛은 축축했다 ;
6월은 나비처럼 떨었다 ;
그리고 마틸데, 당신은 한낮을 통과했다,
남쪽 지방, 바다와 돌의 지역을.

당신은 당신의 짐 함철含鐵 꽃들을,
남쪽 바람에 연타당하고 버려진 해초를 갖고 갔다,
허나 아직 희고, 소금 때문에 금이 간 당신의 손은,
모래밭에서 자란 꽃나무 줄기들을 그러모았다.

나는 당신의 순수한 선물들을 사랑한다, 온전한 돌 같은
피부,
공물인, 당신 손가락의 태양들 속에 있는 손톱들,
온갖 기쁨에 넘치는 당신의 입을.

오, 심연 옆의 내 집에서,
침묵의 고통스런 구조를 내게 다오,
모랫속에 잊혀진 바다의 천개天蓋를.

1월 험악한 때, 무심한 정오가
하늘도 그렇게 만들고 있는 때.
잔 속의 포도주처럼, 단단한 금이
땅을 그 푸른 경계까지 가득 채우고 있다.

계절의 험악한 때는, 어린 포도처럼,
초록빛 쓴맛을 증류해내고,
나날의 숨겨지고 혼란스런 눈물은
송이들 속에 증대한다, 악천후가 그 몰골을 드러나게 할 때
까지.

그렇다: 씨-싹들, 슬픔, 그리고 바삭거리는 소리가 나는
1월의 빛 속에 놀라 고동치는 모든 건
과일이 햇볕에 익는 것처럼 익고 그을릴 것이다.

또한 우리의 문제들은 산산이 부서질 것이고, 영혼은
바람처럼 불 터이며, 우리가 사는 이곳은
다시 식탁 위의 갓 구운 빵과 함께 산뜻해질 것이다.

물 위를 흘러가는 눈부신 나날, 황색 바위의
대부처럼 강렬하고, 꿀과도 같은 그 찬연함.
그건 그 모든 소란에도 손상되지 않았다.
그건 그 견고한 순수함을 유지했다.

그렇다: 일광은 불처럼, 또는 벌들처럼 탁탁 불타고
그 초록 일을 진척시키며, 스스로를 나뭇잎 속에 묻는다:
꼭대기의 나뭇잎이, 나부끼고 속삭이는
눈부신 세계에 닿을 때까지.

불의 갈증, 여름의 타는 듯한 많은 것들
그건 얼마 안 되는 초록 잎들로 에덴 동산을 만들고―:
검은 얼굴의 땅은 고통을 원치 않기 때문이다;

그건 신선함―불―물―빵을 원한다, 모두를 위해:
그 어떤 것도 사람들을 갈라놓지 않을 것이다
태양이나 밤, 달이나 나뭇가지 이외에는.

O43

나는 모든 다른 것들 속에서 당신의 자취를 찾는다,
빠르게 물결치는 여자들의 흐름 속에서,
땋은 머리, 수줍게 꺼진 눈 속에서,
미끄러지듯 나아가 거품 속으로 항해하는 가벼운 발길 속
에서.

문득 나에게는 당신의 손톱들이 보이는 듯하다 –
장방형이고, 붙잡기 어려운, 체리의 조카딸들이 – ;
그러자 당신 머리카락이 지나가는지, 나는
당신의 영상을, 물 속에서도 타는 모닥불을 보는 것 같다.

나는 찾았으나 아무도 당신의 리듬을 갖고 있지 않았고,
당신의 빛을, 당신이 숲에서 가져온 그늘진 날을 갖고 있지
않았다;
아무도 당신의 작은 귀를 갖고 있지 않았다.

당신은 완전하고 간결하다 –정확히– 그리고 당신인 모든
건 하나다,

그리하여 나는 당신과 함께 떠서 흘러간다,
여성인 바다를 향해 가는 넓은 미시시피를 사랑하며.

당신은 내가 당신을 사랑하지 않는다는 걸 그리고 사랑한
다는 걸 알아야 한다,
모든 살아 있는 건 두 면이 있으므로;
한마디 말은 침묵의 한쪽 날개이고,
불은 그 차가운 반을 갖고 있다.

나는 당신을 사랑하기 시작하기 위해 당신을 사랑한다,
무한을 다시 시작하기 위해
그리고 사랑하는 걸 멈추지 않기 위해:
그게 내가 아직 당신을 사랑하지 않는 이유.

당신을 사랑하고, 당신을 사랑하지 않는다, 마치 내가
손에 열쇠 두 개를 쥐고 있는 듯이: 기쁨의 미래와
불쌍하고 엉망진창인 운명을 여는 ―

내 사랑은 당신을 사랑하기 위해 두 삶을 갖고 있다:
그게 내가 당신을 사랑하지 않을 때 당신을 사랑하고,
당신을 사랑할 때 당신을 사랑하는 이유이다.

멀리 떠나지 말아요, 단 하루라도, 왜냐하면—
왜냐하면—어떻게 말해야 할지 모르겠군: 하루는 길고
나는 당신을 기다릴 테니까, 마치 기차는 어디 다른 곳에
세워져 잠들어 있는데 텅 빈 역에서 그걸 기다리는 것처럼
말이지.

단 한 시간 동안이라도 나를 떠나지 말아줘,
그러면 고통의 작은 방울들이 한꺼번에 흐를 테니까,
집을 찾아 떠도는 연기가 내 속으로
날아들어 내 난감한 가슴을 조일 테니까.

오, 당신의 실루엣이 바닷가에서 사라지지 않았으면;
당신 눈까풀이 텅 빈 먼 곳으로 날아가지 않았으면.
한시도 나를 떠나지 말아줘, 내 사랑,

당신이 아주 멀리 가버린 순간 나는
이렇게 물으며 어쩔 바 몰라 온 땅을 헤맬 테니,
돌아와주겠어? 나를 이렇게 내버려둘래, 죽어가는데?

내가 우러러본 모든 별들, 여러 강들과
안개에 젖은 그 별들 중에서,
나는 내가 사랑하는 오직 하나를 선택했다.
그 이후 나는 그 밤과 함께 잠을 잔다.

그 모든 파도, 이 파도 저 파도,
초록 바다, 초록 추위, 초록 지류들,
그중에서 나는 단 하나의 파도를 선택했다,
당신 몸의 나뉘지 않는 파도를.

모든 물방울, 모든 뿌리들,
모든 빛줄기들이 여기 나한테로 모였다;
그것들은 앞서거니 뒤서거니 나한테 왔다.

나는 당신의 머리카락을 원했다, 나 혼자만을 위해서.
그리고 내 나라가 준 모든 은혜 중에서
오직 당신의 야생의 심장만을 선택했다.

뒤돌아 나뭇가지 속에 있는 당신을 보고 싶다.
조금씩 당신은 과일로 변했다.
뿌리에서 솟아오르는 건 당신한테는 쉬웠다,
당신의 즙의 음절을 노래하면서.

당신은 먼저 향기로운 꽃이 될 것이고,
키스하는 조상彫像으로 변할 것이다,
태양과 땅, 피와 하늘이 당신 속에서
단맛과 쾌락에 대한 그들의 약속을 지킬 때까지.

나뭇가지들 속에서 나는 당신 머리카락을 알아볼 것이다,
나뭇잎들 속에서 익어가며 그 꽃잎들을,
내 갈증 가까이 가져오는 당신의 이미지를,

내 입은 당신 맛으로 가득 찰 것이다,
당신의 피, 사랑하는 사람의 과일의 피와 함께
땅에서 솟아오른 그 키스로.

행복한 사랑하는 남녀가 빵 하나를 만든다,
풀밭에 떨어진 달 하나.
걸으면서, 그들은 더불어 흐르는 두 그림자를 던진다;
깨어서, 그들은 태양 하나를 빈 채로 침대에 남겨놓는다.

가능한 모든 진실들 중에서 그들은 날day을 택했다;
그들은 그걸 밧줄이 아니라 향기로 지탱했다.
그들은 평화를 찢지 않았다; 말을 부수지도 않았다;
그들의 행복은 투명한 탑이다.

공기와 포도주가 그 사랑하는 두 사람을 동반한다.
밤은 그 즐거운 꽃잎들로 그들을 즐겁게 한다.
그들은 모든 카네이션에 대한 권리가 있다.

두 행복한 애인은, 끝없이, 죽음 없이,
살아 있는 동안 여러 번 태어나고 죽는다 :
그들은 자연적인 것의 영원한 삶을 갖고 있다.

오늘이다: 어제의 모든 것은 빛의 손가락들과
자는 눈 사이로 가버렸다.
내일은 그 초록 발소리로 올 것이다;
아무도 새벽의 강을 멈추게 할 수 없다.

아무도 당신 손의 강을,
당신 눈과 그 졸림의 강을 멈출 수 없다, 내 사랑.
당신은 수직의 빛과 어두워지는 하늘 사이를
지나가는 시간의 떨림이다.

하늘은 그 날개를 당신 위에 접고,
당신을 들어올려, 내 품으로 데려온다
그 정확하고 신비로운 정중함으로.

그게 내가 날을 노래하고 달을 노래하며
바다를, 시간을, 모든 행성들을,
당신의 나날의 목소리를, 당신의 밤의 피부를 노래하는
이유.

코타포스는 당신 웃음소리가
석탑에서 매처럼 떨어진다고 말한다. 맞는 말이다:
하늘의 딸, 당신은 세계와 그 초록 잎들을
당신의 번개의 일격으로 베어 가른다:

그건 떨어지고, 그건 천둥친다: 이슬의 혀,
다이아몬드의 물, 빛이 그 벌들과 함께
도약한다. 수염 길게 난 침묵이 살았던 거기서
빛의 작은 폭탄이 터진다, 태양과 별들이,

그 어둠 짙은 밤과 함께 하늘이 내려온다,
종들과 카네이션들이 만월 속에서 빛나고,
안장장이의 말들이 질주한다.

당신은 원래 작으니, 그냥
내버려두라: 당신 웃음의 유성이
날게 하라: 사물의 타고난 이름들을 충전시키라!

당신의 웃음: 그건 벼락 맞아 갈라진
나무를 연상시킨다, 하늘에서 떨어진
은빛 번갯불, 머리 부분을 쪼개고,
그 칼로 나무를 베는.

내가 좋아하는 당신의 그런 웃음은
고원의 나뭇잎과 눈雪 속에서만 태어나는 것,
그 위도에서 터져 퍼지는 공기의 웃음,
사랑이여: 아라우카의 전통이다.

오 내 산山 여자, 내 뚜렷한 칠란의 화산이여,
당신 웃음으로 그늘을 베고,
밤을, 아침을, 정오의 꿀을 베라:

당신의 웃음이 엄청난 빛처럼
숲의 나무를 쪼갤 때
잎의 새들은 공중으로 도약하리라.

당신은 노래한다, 그리고 당신의 목소리는 하루의 곡식
껍질을 벗긴다, 해와 하늘이 함께 있는 당신의 노래,
소나무들은 그 초록 혀로 말하고 :
모든 겨울새들은 지저귄다.

바다는 그 지하저장고를 발소리들로 채우고,
종소리, 쇠사슬 소리, 흐느낌들로 채우며,
연장들과 쇠붙이들은 쟁그랑거리고,
캐러밴의 바퀴들은 삐그덕거린다.

허나 나는 당신의 목소리만을 듣는다, 당신의 목소리는
화살의 핑 소리와 정확성을 갖고 솟아오르고,
그건 비의 인력과 함께 떨어지며,

당신의 목소리는 훌륭한 칼들을 흩뜨리고
그 제비꽃 짐과 함께 돌아와
하늘로 나를 동반해 간다.

여기 빵이 있고, 포도주, 식탁, 집이 있다 :
한 남자와 한 여자 그리고 삶이 필요로 하는 것.
평화가 선회하다가 이곳에 자리잡았다 :
이 빛을 만들기 위해 모두의 불이 타올랐다.

당신의 두 손 만세, 날아서 그
순수한 창조물―노래와 음식을 만드는:
당신의 바쁜 발의 건강함 만세!
빗자루와 함께 춤추는 발레리나 만세!

물과 위협의 저 험악한 강들,
거품의 고통스런 천막들,
선동적인 벌집과 암초들: 오늘

그것들은 내 피와 섞인 당신 피의 휴식이고,
밤처럼 별빛 밝고 푸르른 이 길이며,
이 끝나지 않는 순전한 다감함이다.

●●●저녁

054

빛나는 마음, 완전한 송이
곧추선 정오의 반짝이는 악마 ─:
마침내 우리는, 외로움 없이, 단둘이다,
야만적인 도시의 광란에서 멀리.

깨끗한 선線이 비둘기의 곡선을 그리고,
불이 평화를 섬기고 키우듯이,
당신과 나는 이 멋진 성과를 이루었다.
다음과 사랑은 이 집에서 벌거숭이로 산다.

격렬한 꿈, 쓰디쓴 필연의 강물,
어떤 해머의 꿈보다도 어려운 결정들이
사랑하는 두 사람의 이인용 컵으로 흘러들었다,

그 한 쌍이 저울 위에서 균형을
잡을 때까지 : 마음과 사랑, 두 날개와도 같은.
─그리하여 이 투명한 것이 지어졌다.

가시들, 깨진 유리, 병, 울음 : 하루 종일
그것들은 달콤한 만족을 공격한다. 그리고 탑도,
벽들도, 은밀한 통로도 도움이 되지 못한다.
어려움은 잠든 이의 평화 속으로 스며든다.

슬픔은 솟구치며 잦아들고, 그 깊이 팬 스푼을 갖고 가까이 오는데,
그 누구도 그 끝없는 움직임 없이 살 수 없다 ;
그것 없이는 탄생도 없고 지붕도 없으며 담도 없다.
그건 생긴다 : 우리는 그런 걸 치러야 한다.

사랑하면서 힘껏 감긴 눈도 도움이 안 되고,
치명적인 병에서 먼 폭신한 침대도,
깃발을 들고 한 발 한 발 전진하는 그 정복자를 피하는 데
도움이 되지 않는다.

삶은 울화와 같이, 강과 같이 고동치기 때문이다 : 그건
두 눈이 우리를 응시하는 피 묻은 터널을 연다,

거대하고 슬픔에 찬 가족의 눈이.

내 뒤의 그림자를 보는 데 익숙해서, 당신의
손이 마치 강의 아침에 만들어진 듯
원한을 깨끗이 씻고 나타나리란 걸 안다.
내 사랑, 소금은 그 수정다운 부분을 당신한테 주었다.

질투는 괴롭고, 기진하고, 내 노래는 그걸 탕진한다;
하나하나 그 슬픈 선장들은 괴로워하고 죽는다.
내가 사랑이라고 말하면, 세상은 비둘기들로 가득 찬다.
내 말의 음절들은 봄이 오게 한다.

그리하여 당신이 있다 ―꽃피어서, 더없는 내 사랑:
내 눈 위로 공중의 나뭇잎처럼
당신이 있다. 나는 땅 위에 누워 당신을 본다.

태양이 당신 얼굴에 봉오리들을 피우는 걸 나는 본다;
하늘을 올려다보며 나는 당신의 발걸음을 알아낸다.
오 마틸데, 내 사랑, 영광의 왕관 : 환영!

내가 달을 잃어버렸다고 말하는 그들은 거짓말쟁이들,
나의 미래가 마치 공공연한 사막인 듯 예언한 그들,
차가운 혀로 줄곧 뒷공론을 했던 그들:
그들은 우주의 꽃을 금지하려 했다.

'빠르고 자연스런 인어의 호박琥珀은
끝났다. 이제 그에게는 민중밖에 없다."
그리고 그들은 그칠 새 없는 문서를 갉아먹었고,
내 기타에 대한 망각을 획책했다.

허나 나는 우리 사랑의 눈부신 창을 던졌다 —하! 그들의
눈 속으로! —당신과 나의 가슴을 꿰뚫으며.
나는 당신의 발걸음이 남긴 자스민을 모았다.

나는 밤에 길을 잃었다, 당신 눈까풀의
빛이 없어, 그리고 밤이 나를 에워쌌을 때
나는 다시 태어났다: 나는 내 자신의 어둠의 임자였다.

문학의 철로 만든 날 넓은 칼들 속을
나는 외국 선원처럼 헤맨다, 거리들을
잘 모르고, 그 모퉁이들도 잘 모르며, 그러나
노래하며…… 노래하지 않으면 아무것도 없으니……

비바람 몰아치는 군도들에서 나는
바람 부는 아코디언을 가져왔고, 폭우의 물결,
자연물들의 그 흔한 느림을 가져왔다:
그것들이 내 야성의 심장을 만들었다.

그리하여 문학의 날카롭고 작은 이빨이
내 정직한 발뒤꿈치를 덥석 물었을 때
나는 바람과 함께 노래하며 천연스레 나아갔다,

내 어린 시절의 비 오는 조선소를 향하여,
형언할 길 없는 남쪽의 서늘한 삼림을 향하여,
내 가슴이 너의 향기로 가득 찬 거기를 향하여.

(G.M.)

볼품없는 불행한 시인들:삶과 죽음이 모두
어두운 완강함으로 괴롭히는 그들,
그리하여 어리석은 허식으로 꾸미고 의식들에
참여하고, 이빨로 가득한 모이주머니 같은 장례식에 간
이들.

자갈과도 같이 드러나지 않는, 그들은 거만한
말들 뒤를 따라 느릿느릿 나아간다, 조용하지 않은
잠을 자기 위해, 마침내 그들의 부하들 속에서
침입자들에게 압도되며―

그리고 사자死者는 죽었다고 단호히 확신하며
그의 장례식에서 칠면조와 돼지와 또다른
연설자들과 함께 그 우는 체 훌쩍거리는 연회를 경축한다.

그들은 그의 죽음을 사보타지했고, 이제는 그걸 중상한

다―

단지 그의 입이 닫혔기 때문에 :

그는 이제 그의 노래로 항거할 수 없기 때문에.

나를 해치려 했던 사람들은 당신을 해쳤고,
그 은밀한 독약은 내게는
내 작품을 훑고 지나가는 올가미 같았다 ─ 그러나
당신한테도 얼룩과 불면을 남기고.

나는 나를 파괴하는 증오가, 사랑이여,
당신 이마에 꽃피는 달을 그늘지게 하고 싶지 않고;
그 무슨 어리석은 마구잡이 원한이
당신의 꿈에 칼 관冠을 씌우기를 바라지도 않는다.

쓰디쓴 발자국들이 나를 따라온다;
소름끼치는 우거지상이 내 웃음을 비웃는다; 질투가
저주를 내뱉고, 킬킬거리며, 내가 노래하는 데서 이를 간다.

그것이, 사랑이여, 삶이 내게 준 그늘이다:
잔인하게 웃는 허수아비처럼, 절룩거리며
나를 쫓아오는 한 벌의 빈 옷.

사랑은 그 고통의 꼬리를 질질 끌었다,
아연한 가시의 긴 연속을,
그리하여 그 어떤 것도, 그 어떤 상처도
우리를 갈라놓을 수 없도록 우리는 눈을 감았다.

이 울음은 당신 눈의 잘못이 아니다;
당신 손은 그 칼을 찌르지 않았다;
당신의 발이 그 길을 간 것도 아니다;
이 음산한 꿀은 스스로 당신 가슴으로 갔다.

사랑이 큰 파도와 같아
우리를 큰 돌로 몰아가 부딪혀 부서지게 했을 때,
그건 우리를 순전한 가루로 만들었다;

이 슬픔은 또다른 좀더 기분 좋은 얼굴이 되었다:
그리하여 확 트인 빛의 계절에
이 상처 입은 봄날은 축복받았다.

나는 슬프고, 우리는 슬프다, 내 제일가는 사랑아 :
우리는 다만 사랑을, 서로 사랑하기만을 바랐다,
그러나 그 많은 슬픔 중에 유독
우리 둘만이 마음 아프게 되어 있었다.

우리는 우리를 위해 다름아닌 너와 나를 원했다,
키스의 너, 은밀한 빵의 나를 :
그건 그렇게 단순한 것이었다,
증오가 창으로 들어오기 전까지는.

그들은 증오했다, 우리의 사랑을
사랑하지 않고, 그 어떤 사랑도 사랑하지 않은 그들,
빈 방의 의자처럼 쓸모없는 사람들 ―

그들이 잿속에 엉킬 때까지,
그 험악한 얼굴들이
스러지는 황혼 속에 사라질 때까지.

나는 걸었다 : 소금기 있는 바위가 마치 바다에 묻힌 꽃
유일한 장미인 양 있는 황무지를 ―
또한 눈雪을 파내며 흐르는 강들의 제방 위를 ;
높고 가파른 산맥들 또한 내 발을 느꼈다.

얽히고, 바람 쌩쌩 부는 내 거친 조국,
그 지독한 키스로 정글에 묶여 있는 리아나 덩굴,
오한을 흩뿌리며 날아오르는 새의 젖은 울음소리 :
오 잃어버린 슬픔과 무정한 눈물의 영토!

구리의 유독한 표피, 부서지고 하얀, 조상彫像처럼
펼쳐져 있는 질산염 : 그것들은 내 것인데, 허나
그것들만이 아니다 : 포도밭과 봄의 보상인 체리도 또한,

내 것이며, 나는 그들의 것이다, 불모의 땅의
검은 원자原子처럼, 포도 송이 위의 가을빛 속의,
눈雪의 탑들로 들어올려진 이 금속성 조국의 원자처럼.

내 인생은 하도 많은 사랑으로 자색 물이 들었고,
눈먼 새들처럼 허둥지둥 전전했다
내가 당신 창 앞에 이를 때까지, 내 친구여:
당신은 실의에 빠진 사람의 중얼거림을 들었다

거기 그늘에서 나는 당신의 가슴을 향해 일어섰다:
존재하지도 알지도 못하면서, 나는 밀의 탑들을 날아올랐
고,
당신의 손 안에서 생명으로 파도치고
바다로부터 당신의 기쁨을 향해 일어섰다.

내가 당신한테 진 빚을 아무도 모른다, 사랑이여,
내가 당신한테 진 빚은 빛나고, 아라우코에서 본
뿌리 같다, 당신한테 입은 은혜는, 사랑이여.

분명히, 그건 별과 같다, 당신이 내게 베푼 모든 건,
내가 당신한테 입은 은혜는, 시간이 떠도는 번개를
지켜보는 황야의 우물과 같다.

마틸데, 어디 있지? 나는 알아차려요,
내 넥타이 아래 심장 바로 위,
갈비뼈 사이에서 슬픔의 격통을,
그렇게 훌쩍 가버리다니.

나는 당신의 에너지의 빛이 필요했고,
희망을 탐식하며 주위를 살펴보았어.
나는 당신 없는 공허 ― 비극적인 창문들만 남아 있는
집과도 같은 그 공허를 바라보았어.

전적인 무언無言 속에서 천장은
잎 뜯는 오오랜 비 떨어지는 소리를 듣고,
깃을 듣고, 밤이 가두고 있는 것들을 듣고 있어:

그리하여 외로운 집처럼 나는 당신을 기다리고 있어요
당신이 나를 다시 보고 내 속에서 살 때까지.
그때까지 내 창문들은 아파요.

나는 당신을 사랑하지 않는다 —내가 당신을 사랑하므로;
나는 당신 사랑함과 사랑하지 않음 사이를 왔다갔다한다,
당신 기다림과 기다리지 않음 사이를 오고 가며
내 가슴은 차가움에서

불로 움직인다. 나는 다만 내가 사랑하는 게 당신이므로
당신을 사랑한다; 나는 당신을 끝없이 미워하며, 미워하면서
당신한테 굴복하고, 그 변하는 사랑의 척도는
내가 당신을 보지 않고 다만 맹목적으로

사랑한다는 것이다. 1월의 빛이 내 가슴을
그 잔인한 광선으로 소진시킬지 모른다, 참 평정
을 여는 내 열쇠를 훔치면서.

얘기의 이 부분에서 나는 죽어가는 사람—단 한 사람—
이며, 당신을 사랑하므로 사랑 때문에
죽을 것이다, 사랑이여, 당신을 불과 피로써 사랑하므로.

남에서 오는 큰비가 이슬라 네그라에 내린다
단 한 방울인 듯이, 빛나며 무겁게,
바다는 그 서늘한 잎들을 열고 그걸 받아들이고
땅은 포도주 잔이 어떻게 그 젖은 운명을 가득 채우는지
안다.

당신의 키스로, 내 영혼이여, 요 몇 달 동안 짭짤해진
물을 나한테 다오, 들의 꿀을,
하늘의 수많은 입술들로 축축해진 향기를,
겨울철 바다의 신성한 인내를.

뭔가가 우리를 부르고, 문들은 모두
스스로 열리고, 비는 계속 창가에 웅얼거리고,
하늘은 뿌리에 닿을 때까지 아래로 뻗는다 :

그리하여 날은 그 멋진 그물을 짜고 푼다,
시간으로, 소금으로, 속삭임, 성장, 길들,
여자, 남자, 그리고 땅 위의 겨울로.

(어떤 배의 선수상船首像)

목조木造 아가씨는 이리로 걸어오지 않았다;
홀연히 그녀는 해변에 있었고, 자갈 위에 앉아 있었는데,
그녀의 머리는 오랜 바다 꽃들에 덮여 있었고,
표정은 뿌리의 슬픔 그것이었다.

그녀는 거기 그렇게 있었다, 우리의 드러난 삶,
땅 위에서 움직이고 존재하며 오고 가는 것을
바라보고 있었다, 날이 한 잎 두 잎 시들어갈 때. 그녀는
우리를 보지 않으면서 우리를 지켜보았다, 그 목조 아가
씨는:

오랜 파도의 왕관을 쓰고, 그녀는
자기의 난파당한 눈으로 살펴보았다.
그녀는 우리가 시간과 물과 파도와 소리와 비로 짜인

먼 그물 속에 살고 있다는 걸 알았다,

우리가 존재하는지, 우리가 그녀의 꿈인지는 모르는 채.

이게 목조 아가씨에 대한 이야기이다.

당신의 현존 없이는 아무것도 없을 것이다,
푸른 꽃처럼 정오를 가르며 움직이는
당신 없이는, 그러고 나서 안개와 자갈 사이로
걸어가는 당신 없이는,

당신이 손에 갖고 있는 금빛의 빛 없이는,
다른 사람들은 아마 보지 못할 그 빛,
장미의 붉은 시작과도 같이
생겨나고 있었다는 걸 아무도 알지 못했을 그것.

요컨대 당신의 현존 없이는 : 당신이 와서
문득, 자극적으로, 내 삶을 알고
장미덩굴의 돌풍, 바람의 밀을 아는 일 없이는 :

그리하여 당신이 있으니 내가 있고,
그리하여 당신이 있고, 내가 있고, 우리가 있고,
그리고 사랑을 통해 나는 있겠고, 당신도 있겠고, 우리는 있
을 것이다.

아마도 나는 ― 피는 흘리지 않지만 ― 상처받은 채 걸어가
나보다,
당신 생명의 한줄기 광선을 따라.
정글 한복판에서 물이 내 발길을 멈추게 한다;
그 하늘과 함께 떨어지는 비.

그리하여 비 내리는, 떨어지는 가슴을 나는 만진다:
나를 꿰뚫고 내 슬픔의 광막한 후배지後背地를 꿰뚫은 게
당신의 눈이었음을 나는 안다.
그리고 어떤 그림자의 속삭임만이 들린다,

거 누구요? 누구요? 허나 정글 한복판에서
후둑후둑 떨어지는 나뭇잎이나
검은 물에겐 이름이 없다 :

그러니, 사랑이여, 내가 상처입었음을 나는 알았다,
그리고 거기서 그림자 외에는 그 누구도 말하지 않았다.
떠도는 밤, 비의 키스 외에는.

사랑이 섬들을 건너간다, 슬픔에서 슬픔으로,
눈물로 수분을 삼으며, 그건 뿌리를 내린다,
그리고 아무도 ― 아무도 ― 말없이 식육성食肉性으로
움직이는 마음의 진행을 피할 수 없다.

당신과 나는 넓은 계곡을, 또하나의 행성을 탐사 했다
소금이 당신의 머리카락에 닿지 않고,
내가 한 일 때문에 슬픔이 커지지 않으며,
뼈은 신선하고 맛이 가지 않는 곳.

긴 나긴 조망과 군엽群葉으로 짜인 행성,
하나의 평야, 척박하고 사람 살지 않는 한 바윗덩어리 :
우리는 견고한 둥지를 만들고 싶었다,

아픔과 해코지와 말이 없이, 우리 손으로,
허나 사랑은 그렇지가 않았다 : 사랑은
창백해진 사람들이 자기네 현관에 모여 있는 미친 도시였
다.

사랑이여, 겨울이 자기의 일을 다시 한다,
땅은 그 황색 선물들을 고정시키고,
우리는 먼 나라를 애무한다,
지구의 머리카락을 쓰다듬으며 —

떠나는 거다! 당장! 가자 : 무한한 낮 빛에 자극된
바퀴들, 배들, 종들, 비행기들.
군도群島의 결혼의 향내를 향하여,
세로로 뻗은 기쁨의 곡식을 향하여!

가자 — 일어나서 — 머리는 뒤로 묶고 — 뜨고
내리고 공기와 나 더불어 달리고 노래하자 :
아라비아나 토코피야로 가는 기차를 타자,

머나먼 꽃가루처럼 항해하면 된다 :
구두도 신지 않은 가난한 군주들이 지배하는,
넝마와 치자나무의 땅으로.

아마 당신은 기억할 거야 어둠 속에서 면도날처럼
미끄러져 나온 날카롭게 생긴 사람을
그리고 그가 ─우리가 알기 전에─무슨 일이 있는지 알고
있었던 것을:
그는 연기를 보았고 불이 났다고 했지.

검은 머리의 창백한 여자가
심연에서 물고기처럼 솟아올랐고,
그 두 사람은 무슨 장치를 만들었어,
사랑에 적대하여 빈틈없이 무장한 채.

남자와 여자, 그들은 산들과 정원들을 무너뜨리고,
강으로 내려가고, 벽들을 기어오르고,
그들의 잔악한 대포를 언덕 위로 끌어올렸지.

그리하여 사랑은 알았어 그게 사랑이라는 것임을.
그리고 내가 눈을 들어 당신 이름을 보았을 때,
홀연히 당신의 가슴이 내 길을 보여주었어.

8월의 물에 젖어, 길은
만월을 통과하듯이 빛나고,
가을 과일의 한가운데,
사과의 풍만한 빛.

안개, 공간, 하늘 등 날의 희미한 망網은
추운 꿈들과 소리들과 물고기와 함께 부풀어오르고,
섬들의 수증기는 육지에 맞서 싸우며,
바다는 칠레의 빛 저쪽에서 출렁인다.

모든 게 금속처럼 응축되어 있고, 나뭇잎들은 숨어
있으며, 겨울은 그 혈통을 숨기고 있다,
그리고 우리만이 눈먼 사람들, 끝없이, 외로운.

오로지 움직임의, 안녕, 떠남의, 길의
말없는 하상河床에 따르며:
안녕, 자연의 눈물이 떨어진다.

집, 바다, 깃발이 있다.
우리는 또다른 긴 울타리를 지나 돌아다닌다.
입구를 찾을 수 없고, 우리의 부재의
소리도 찾을 수 없다 ─마치 죽은 듯이.

마침내 집은 그 침묵을 열고,
우리는 들어간다, 버려진 물건들을 넘어,
죽은 쥐, 텅 빈 작별,
파이프 속에서 울었던 물을 지나서.

그건 울었다, 집은 ─밤낮 울었다;
그건 문이 조금 열린 채 거미들과 함께 흐느꼈고,
그 어두워진 눈과 함께 산산이 부서졌다 ─

그리고 지금, 문득, 우리는 그걸 삶으로 돌아가게 한다,
우리는 자리잡고, 그건 우리를 알아차리지 못한다 :
그건 꽃피어야 하는데 어떻게 꽃피는지 잊어버렸다.

곰의 참을성으로, 디에고 리베라는
그림을 통해 숲의 에메랄드를 찾았지,
또는 피의 홀연한 꽃인 주홍색을;
당신을 그린 그림에 그는 세계의 빛을 모았어.

그는 당신의 코의 도도한 덮개를 그렸고,
경쾌하게 뛰는 눈의 스파크,
달의 시샘에 불을 붙이는 당신 손톱,
그리고 여름의 피부에서는 입의 멜론을 그렸지.

그는 당신한테 두 개의 용해된 화산의 머리를 주었지,
불을 위해, 사랑을 위해, 당신의 아라우카 혈통을 위해,
그리고 그 두 개의 금빛 진흙 얼굴 위에

그는 고상한 불의 헬멧을 덮었어:
거기서 내 눈은, 몰래, 머뭇거렸어,
당신의 풍부하고 높은 머리털에 엉켜서.

오늘은 오늘이다, 지나간 시간 전부의 무게와 함께,
내일이 될 모든 것의 날개들과 함께;
오늘은 바다의 남쪽이고, 물의 노령老齡이며,
새로운 날의 성분이다.

당신 입에 모은 끝난 하루의 꽃잎들
빛으로 또는 달로 들어올려지고,
어제가 그 어두운 길을 빨리 걸어내려오니
우리는 당신의 죽은 얼굴을 기억할 수 있다.

오늘, 어제, 그리고 내일은 지나가고,
삼켜지고, 불타는 송아지처럼 하루에 소모된다;
우리의 소떼는 얼마 남지 않은 날들을 기다리고,

그러나 당신 가슴속에서는 시간이 그 분말을 뿌린다,
내 사랑은 테무코 흙으로 오븐을 만들고:
당신은 내 영혼의 일용할 빵.

나는 다시는 결코 never again가 없고, 언제나가 없다. 모래 속에서

승리는 그 발자국을 포기했다.

나는 동료를 사랑하고자 하는 부족한 사람이다.

나는 당신이 누군지 모른다. 나는 당신을 사랑한다. 나는 가시를 버리지 않고, 그것들을 팔지 않는다.

아마 누군가 알게 될 것이다 내가 피를 뺄기 위해

왕관을 짜지 않았음을 : 나는 조롱에 대항해 싸웠음을;

내 영혼의 만조를 진실로 채웠음을.

나는 사악함을 비둘기로 갚았다.

나는 다시는 never이 없다, 나는 달랐고 —

다르고, 다를 것이기 때문에. 내 항상 변하는

사랑의 이름으로 나는 한 순수를 선언한다.

죽음은 망각의 돌일 따름이다.

나는 당신을 사랑하고, 당신의 입술에서 행복을 입맞춘다.

땔나무를 모으자. 우리는 산 위에서 불을 피울 것이니.

...밤

캄에, 당신 가슴을 내 가슴에 묶어다오, 내 사랑, 그 둘이
젖은 나뭇잎의 두터운 벽을 두드리는
숲속의 더블 드럼처럼
더불어 잠 속에서 어둠을 쳐부수리.

밤 여행 : 땅의 포도넝쿨을 싹둑 자르는
잠의 검은 불꽃,
그림자들과 차가운 바위들을 한없이 끌고 가는
쏜살같은 기차와도 같이 시간을 지키는.

그로 말미암아, 사랑이여, 나를 더욱 순수한 움직임에
당신 가슴속에서 날갯짓하는 변치 않음에 묶어다오,
물 속 백조의 날개로.

그리하여 우리의 잠이 저 하늘의 별들이
던지는 모든 질문에 단 하나의 열쇠로 대답하고,
그림자들이 닫아놓은 단 하나의 문으로 대답하도록.

내 사랑, 나는 여행과 슬픔으로부터 돌아왔다
당신의 목소리에게로, 기타 위에서 나는 당신의 손한테로,
키스로 가을을 방해하는 불에게로,
하늘을 온통 둘러싸는 밤에게로.

나는 모두를 위해 빵과 주권을 요구한다 ;
미래가 없는 노동자를 위해 땅을 요구한다.
아무도 내 피와 내 노래가 쉬기를 바라지 말기를!
허나 나는, 죽지 않고는, 당신의 사랑을 포기할 수 없다.

그러니 고요한 달의 왈츠를 연주해다오,
흐르는 기타 위에 그 뱃노래를,
내 머리가 축 늘어져 꿈꾸는 동안:

내 평생의 불면이 숲속의 이 보금자리를
짰느니—당신의 손이 살고 날며,
잠든 여행자의 밤을 지키는 이곳을.

이제 당신은 나의 것이다. 당신의 꿈과 함께 내 꿈속에 쉬
라.
사랑과 고통과 일은 이제 모두 잠들어야 한다.
밤은 그 보이지 않는 바퀴들을 돌리고,
당신은 잠자는 호박琥珀으로 내 옆에서 순수하다.

다무도, 사랑이여, 내 꿈속에서 잠들지 못하리. 시간의
강을 넘어 당신은 가고, 우리는 더불어 갈 것이다.
아무도 나와 함께 그 그림자들을 지나 여행하지 못할 것
이다,
오직 당신뿐, 상록수, 언제나 태양, 언제나 달.

당신의 손들은 그 가냘픈 주먹을 폈고
그 부드러운 표류하는 표지들을 사라지게 내버려둔다;
당신의 눈은 두 회색 날개처럼 감겼고, 나는

따라 움직인다, 당신이 지닌 주름 잡힌 물 —나를 데려가는
그 물을

따라간다. 밤이, 세계가, 바람이 그들의 운명을 잣는다.

당신 바깥에서, 나는 당신의 꿈, 그것뿐이다, 오직 그것뿐.

이 밤의 문을 닫고, 내 사랑,
나와 함께 가자, 그늘진 곳으로.
당신의 꿈을 닫고, 사랑이여, 당신의 하늘과 함께 내 눈으로
들어오라,
내 핏속에 넓은 강처럼 퍼지라.

잔인한 일광이여 안녕, 과거의 마대 속에
던져넣어졌으니, 그러한 나날이여.
시계와 오렌지들의 모든 광선이여.
오 어둠이여, 내 이따금 친구, 어서 오라!

이 배船 속에서, 또는 물, 또는 죽음, 또는 새 삶 속에서
우리는 다시 합했고, 잠들고, 부활한다 :
우리는 핏속의 밤의 결혼이다.

나는 살고 죽는 이가 누구인지 모른다, 쉬거나 깨어나는 이
가 누구인지,
허나 새벽의 우아함을 온통 내 가슴에

나눠주는 건 당신의 심장이다.

밤에 당신이 가까이 있는 걸 느끼는 건 좋은 일이다,
　잠들어 보이지 않고, 열심히 밤을 갈무리하고 있는 사랑이
여,
　내가 엉킨 그물과도 같은
　내 혼란을 풀고 있는 동안.

　부재하며, 당신의 가슴은 꿈들을 지나 항해하고,
　허나 당신의 몸은 숨쉬고 있다, 이렇게 버려진 채,
　나를 보지 못하면서 나를 찾느니, 내 잠을 완성하건서,
　어둠 속에서 번성하는 식물처럼.

　당신이 내일 일어나 살아나면, 당신은 그 누구일 것이다:
　허나 밤의 잃어버린 그 접경에서 뭔가 남을 것이다,
　우리가 우리 자신을 발견한 그 존재와 무에서,

　생경의 빛 속에서 우리를 가깝게 하는 무엇인가,
　어둠의 봉인이
　그 알 수 없는 창조물을 화인火印하듯이.

다시 한번, 사랑이여, 날의 그물은
일, 바퀴, 불, 코골기, 작별인사들을 소멸시키고,
우리는 대낮이 빛과 흙에서 취한
물결치는 밀을 밤한테 맡긴다.

달만이, 그 흰 페이지 한가운데서
하늘의 항구의 기둥들을 지탱하고,
침실은 금빛 느림을 드러낸다,
당신의 손은, 밤을 준비하면서, 움직이고.

그 폭풍우의 포도를 밝히고 거기 스며드는
한 하늘의 그늘 속 불가해한 물의
강에 둘러싸인 사랑이여, 밤이여, 돔이여:

우리가 단 하나의 어두운 공간일,
하늘의 재로 채워진 성배聖杯,
길고 느린 강의 맥박 속의 물방울 하나가 될 때까지.

085

희미한 안개가 추위에 파묻힌 가축의
콧김처럼 바다에서 거리로 흐르고,
물의 긴 혀들은, 우리의 삶이
훌륭하리라 기약된 달month을 덮으며 모인다.

가을은 나뭇잎에 싸인 벌집을 윙윙 불며 행진한다,
당신의 깃발이 동네 하늘에 날리고
미친 여자가 강에게 작별을 노래하며,
말들이 파타고니아를 향해 힝힝거릴 때.

당신 얼굴에는 저녁 포도넝쿨,
사랑이 따각거리는 하늘의 편자를 향해
들어올려, 조용히 기어오르고 있는.

나는 당신의 밤의 몸을 향해 몸을 구부리고, 나는
당신의 가슴뿐만 아니라 가을도 사랑한다, 그게
그 군청색 피를 안개 속으로 퍼트릴 때.

오 남십자성, 오 향기로운 인燐의 클로버:
그게 오늘 네 갈래 신성한 키스와 함께 당신 몸으로 들어
왔다,
그건 그늘을 가로지르고 내 모자를 넘어서 여행했고,
달은 추위를 통과해 순환했다.

그러자 —내 사랑과 함께, 내 가장 사랑하는 사람과 함께 —
푸른 서리의 다이아몬드, 하늘의 고요, 거울:
당신은 나타났고, 밤은
당신의 떨리는 네 군데 와인 저장소로 가득 찼다.

오 순수하게 윤나는 물고기의 고동치는 은,
초록 십자가, 빛나는 그늘의 파슬리,
하늘의 전체로 선고된 반딧불:

나한테서 쉬라, 당신의 눈을 감고, 내 눈도 감고.
잠시 인간의 밤과 함께 잠들자.
당신의 네 방향 성좌를 내 속에서 밝히라.

세 마리 바닷새, 세 줄기 태양광선, 세 개의 가위가
안토파가스타를 향해 차가운 하늘을 가로지른다:
그게 공기가 떨리고 있는 까닭,
모든 게 상처 입은 깃발처럼 떨리는 이유.

고독이여, 너의 끊임없는 원천의 표지를 내게 다오,
모진 새들의 길 ─ 길이라고 하기 어려운 ─
실로 꿀, 음악, 바다, 탄생 전에
오는 고동.

(한결같은 얼굴에 의해 지탱되는 고독 ─
항상 견뎌온 고요하고 느린 꽃과도 같은 ─
그게 하늘의 순수한 붐비는 무리에 이를 때까지.)

바다의, 군도의 차가운 날개들이
북동 칠레의 모래를 향해 날아갔다.
밤은 어느새 그 하늘의 빗장을 잠가버렸다.

3월은 그 숨겨진 빛과 함께 돌아오고,
거대한 물고기는 하늘을 가로질러 미끄러진다,
뿌연 육지의 수증기는 조용히 움직이고,
하나하나 모든 건 침묵에 항복한다.

이 종잡을 수 없는 기후의 위기 속에, 다행히
당신은 바다의 삶을 불의 삶에 결합했다 :
겨울 배의 회색빛 움직임,
사랑이 기타에 새긴 형상.

사랑이여, 인어와 거품에 축축해진 장미여,
춤추며 보이지 않는 계단을 올라,
불면의 터널 속에서 피를 깨우는 불 :

그리하여 파도는 스스로를 하늘 속에 소진하고,
바다는 그 소유물과 사자lions들을 잊으며,
세계는 어두운 그물 속으로 빠진다.

o89

내가 죽을 때, 당신의 손이 내 눈을 덮기 바란다:
나는 당신 사랑스런 손의 빛과 밀을 원하며
그것들의 신선함이 한 번 더 내게 전해지기 바란다:
나는 내 운명을 바꾼 그 부드러움을 느끼기를 바란다.

나는 내가 잠들어 당신을 기다리는 동안 당신이 살기를 바
란다.
당신의 귀가 여전히 바람 소리를 듣기 바라고, 우리가
더불어 사랑한 바다의 냄새를 맡기 바라며,
우리가 걸었던 모래 위를 계속 걷기 바란다.

내가 사랑하는 것이 계속 살아가기를 바라며
그 무엇보다도 먼저 내가 사랑하고 노래한 당신이
계속 번창하고 꽃 만발하기를 바란다.

그리하여 내 사랑이 당신한테 가리켜 보인 모든 것에, 당신
이 닿을 수 있고,
내 그림자가 당신 머리카락 속에서 함께 움직여가며,

모든 게 내 노래의 이유를 알 수 있기를 바란다.

나는 내가 죽어가고 있다고 생각했고, 냉기가 가까이 옴을
느꼈으며
내 온 삶 중에서 당신만을 뒤에 남겨두었음을 알았다:
내 지상의 낮과 밤은 당신의 입이었고,
당신의 피부는 내 키스가 터 잡은 공화국이었다.

그 즉시 책들은 들춰보지 않았고,
우정, 끊임없이 쌓아온 귀중품들도 그랬다,
당신과 내가 지은 투명한 집:
모든 게 사라졌다, 당신의 눈을 제외하고는.

삶이 우리를 괴롭힐 때, 사랑은
다른 물결보다 더 높은 또 하나의 물결일 따름이기 때문이다:
그러나 아, 죽음이 문을 두드릴 때,

그 엄청난 공허에 마주서게 하는 건 당신 눈길뿐,
당신의 빛만이 절멸에 마주서게 하고,
당신의 사랑만이 그 그림자를 막는 것이니.

시대가 이슬비처럼 우리를 적신다;
시간은 끝이 없고 슬프다;
소금 깃이 당신의 얼굴에 닿고;
물방울이 내 셔츠를 갉아먹는다.

시간은 당신 손에 들어 있는 오렌지들과
내 손을 구별하지 않는다:
눈雪과 곡괭이로 삶은 깎인다
당신의 삶, 즉 나의 삶이.

내가 당신한테 준 나의 삶은
부풀어오른 과일 다발과 같은 해年들로 가득하다.
포도는 흙으로 돌아가리라.

그리고 그 아래에서도 시간은
이어진다, 기다리고, 먼지 위에
비를 내리고, 부재조차 지우고 싶어하며.

사랑이여, 내가 죽고 당신은 죽지 않는다면―,
사랑이여, 당신이 죽고 나는 그렇지 않다면―,
슬픔에게 이보다 더 큰 영역은 주지 말자.
우리가 사는 곳보다 더 넓은 데는 없느니.

밀 속의 흙먼지, 사막의 모래,
시간, 구불구불 흐르는 물, 분명치 않은 바람이
우리를 항해하는 씨앗처럼 쓸어가버렸다.
우리는 제때에 서로를 찾지 못했을 수도 있다.

우리가 우리 스스로를 발견한 이 초원,
오 작은 무한! 우리는 그걸 돌려준다.
허나 사랑이여, 이 사랑은 끝나지 않았다:

그게 태어나지 않았듯이, 그건
주지 않는다 : 그건 기나긴 강물과 같다,
땅을 변화시키고, 입술을 변화시킬 뿐인.

언젠가 당신 가슴이 멈추고, 뭔가가
움직임을 멈추고, 당신 혈관을 따라 타오르는 걸 멈추고,
당신 입 속의 목소리가 말이 되지 않은 채 새버리고,
당신 손이 나는 걸 잊고, 잠에 빠진다면,

마틸데, 내 사랑, 당신 입술을 반쯤 열어놔둬요 :
그 마지막 키스가 나와 함께 남아 머뭇거릴 터이니,
그건 영원히 당신 입 속에 그대로 남아 있어야 하니,
그래서 그건 내 죽음 속으로 나와 함께 가야 하니.

나는 당신의 미친 듯이 차가운 입에 키스하며 죽으리,
당신 몸의 잃어버린 과일 몽오리를 쓰다듬고,
당신 감긴 눈의 빛을 찾으리.

그리하여 흙이 우리의 포옹을 받아들일 때
우리는 하나의 죽음 속에 합쳐지리, 영원히
한 키스의 영원을 살며.

내가 죽더라도, 당신은 창백함과 차가움을 맹렬함으로 만
든
그런 순수한 힘으로 살아남아다오;
당신의 지워지지 않는 눈을 남에서 남으로,
태양에서 태양으로 반짝여다오, 당신의 입이 기타처럼 노
래할 때까지.

나는 당신의 웃음이나 발걸음이 비틀거리는 걸 원치 않는
다;
나는 내 행복의 전설이 죽기를 바라지 않는다;
니 가슴을 청하지 말아다오 : 나는 거기 없으니.
집에 살듯이 내 부재 속에 살아다오.

부재는 아주 큰 집이어서
당신은 벽으로 걸어들어갈 수 있고,
그림들을 허공에 걸어놓을 수 있다.

부재는, 죽었어도 내가 당신을 보게 될

그런 투명한 집이며,

만일 당신이 괴로우면, 사랑이여, 나는 두 번 죽을 것이다.

누가 우리가 사랑한 것처럼 사랑했을까? 타버린
심장의 옛 재를 뒤져
우리의 키스가 하나씩 나오도록 하자,
그 텅 빈 꽃이 다시 솟아날 때까지.

그 과일을 다 먹어버리고, 그 이미지와 힘이
땅 속으로 내려간 그런 사랑을 하자 :
당신과 나는 지속하는 빛,
그 변경할 수 없는 고운 가시.

그 많은 차가운 시간에 묻히고,
눈雪과 봄, 망각과 가을에 묻힌 그 사랑에
돛사과의 빛을 주자, 새로운

산처로 열린 신선함의 빛,
포 묻힌 입들의 영원 속으로
밑없이 지나가는 그 옛사랑과도 같은.

당신이 나를 사랑한 시간은
스러질 것이고, 다른 청색 시간이 그걸 대치할 것이다;
다른 피부가 똑같은 뼈를 덮을 것이고;
다른 눈이 봄을 볼 것이다.

시간을 붙들어매려고 했던 그 누구도 ―
덧없는 일에 종사했던 그 누구,
관료, 사업가, 단기체류자 ― 그 누구도
그들의 밧줄에 매여, 계속 움직일 수 없을 것이다.

안경 낀 잔인한 신들도 스러질 것이고,
책을 든 털 난 육식동물도,
작은 푸른 벼룩들과 핏핏새들도 그럴 것이다.

그리고 땅이 신선하게 씻길 때
다른 눈들이 물에서 태어날 것이고
밀은 눈물 없이 무성할 것이다.

이런 때는, 날아야 한다 —그러나 어디로?
날개 없이, 비행기도 없이, 날아야 —의심 없이 :
발자국들은 나아갔다, 쓸모도 없이 ;
그것들은 여행자의 발을 움직여 가게 하지 않았다.

매순간 날아야 한다 —독수리처럼
집파리들처럼, 날들처럼 :
토성의 고리를 정복해서
거기다 편종編鐘을 세워야 한다.

구두와 오솔길로는 이제 충분치 않고,
지구는 방랑자한테 더 이상 필요치 않다 :
뿌리는 이미 밤을 가로질러 갔고,

당신은 다른 행성에 나타날 것이다,
완강하게 덧없고,
마침내 양귀비로 변해서.

그리고 이 말, 한 손의 수많은 손이 기록한
이 종이는 당신 안에 남아 있지
않다, 그건 꿈꾸는 데 좋지 않다.
그건 땅으로 떨어진다 ; 거기서 그건 계속된다.

빛이나 또는 찬미가 컵을
넘쳐흐른 건 상관이 없다,
그게 와인 속에 보이는 희미한 빛이었다면
당신의 입이 아마란스와 같은 자주색으로 물들었다면.

이 말 : 그건 이제 천천히 발음되는 음절을 원치 않는다,
암초가 내 기억에서, 동요하는 거품에서,
가져오고 되가져가는 그것.

그건 당신의 이름을 쓰고 싶을 따름이다.
그리고 내 생각에 잠긴 사랑이 지금은 그걸 침묵하게 할지
라도
나중에 봄철이 그걸 말할 것이다.

다른 날들이 올 것이다, 식물들과 행성들의
침묵이 이해될 것이고,
수많은 더러워지지 않은 일들이 일어날 것이다
바이올린들은 달의 향기를 갖게 될 것이다!

어쩌면 빵은 당신과 같을 것이다:
그건 당신의 목소리, 당신의 밀을 가질 것이고,
또다른 것들 —가을의 잃어버린
달馬들 —이 당신의 목소리로 말할 것이다.

그리고 그게 당신이 꼭 좋아하는 게 아닐지라도
사랑이 당신의 커다란 통을 채워줄 것이다
목동의 오래된 꿀과도 같이,

그리고 내 가슴(수많은 풍부한 것들이
저장되어 있는 거기)의 먼지 속에서,
당신은 멜론들 사이로 오고갈 것이다.

땅의 한가운데서 나는 당신을 보기 위해
에메랄드를 옆으로 밀어놓으리 —
당신은 무슨 필경생처럼, 물의
펜으로, 식물의 초록 잔가지들을 베끼고 있네.

이 무슨 세계인가! 얼마나 깊은 파슬리인가!
이다지 기분 좋은 것 속으로 항해하는 배라니!
당신은 아마 — 나도 아마 — 토파스黃玉이리.
종소리 속에는 더이상 불화가 없을 테고.

거기엔 맑은 공기뿐이리,
바람에 실려온 사과들,
숲에는 즙 많은 책 :

그리고 거기 카네이션이 숨쉬는 곳에서 우리는
손수 옷을 만들리, 승리의 키스의
영원 내내 있는 그 무엇을.

헌사

다틸데:파블로 네루다는, 나중에 그의 세번째 아내가 된 마틸데 우루티아와 1955년부터 같이 살기 시작했다. 1955~57년에 네루다는 『100편의 사랑 소네트』를 쓰는 한편, 『단순한 것들을 기리는 노래 *Odas elementales*』『엑스트라바가리오 *Extravagario*』『선장의 시 *Los versos del capitán*』 등을 썼는데, 이 시집들도 마틸데한테 바쳤다(그는 『선장의 시』를 한동안 출판하지 않고 있었는데, 그 이유는 1955년 9월에 헤어진 그의 두번째 부인 델리아 델 카릴의 감정에 대한 배려 때문이었다). 『100편의 사랑 소네트』는 1960년에 간행되었다. 1971년 노벨문학상 수상. 1973년 살바도르 아옌데 정부가 쿠데타에 의해 전복된 주간에 네루다는 타계했다. 마틸데 네루다는 1985년 1월에 세상을 떠났다.

002-4

탈탈:칠레 북중부 우중충한 초석(질산염) 고원 지대. 안토파가스타 시 외곽에 있는 작은 항구도시.

10

보로아: 잉카 이전의 인디언 부족의 이름인 '보로'에서 온 형용사로, 그들의 언어 또는 현대 페루, 브라질, 콜롬비아의 일부가 포함된 영토를 가리킨다. 보로는 페루의 아마존 상류, 바위 많고 초목이 우거지고 물길이 얽힌 이퀴토스를 빙 두른 넓은 환상대(環狀帶)의 땅에 있는데, 여러 작은 강들이 아마존으로 흘러들어간다.

005-5

퀸차말리: 산티아고 남쪽 칠란 외곽에 있는 작은 마을. 칠란과 마찬가지로 흙과 '검은' 도자기로 유명하다.

6

프론테라: 네루다가 어린 시절을 보낸 곳에서 가까운 해안을 따라 있는 화산섬의 눈 덮인 황무지이며 국경 지방.

9

아라우코: 네루다는 칠레 남부 태평양 해안 지방 테무코 마을 근처 콘셉시온 남쪽 험난하고 비가 많이 오는 국경 지방에서 자랐다. 마틸데 우루티아 역시 남부, 테무코에서 백 마일

떨어진 칠란에서 태어났다. 테무코 마을은, 19세기 후반 칠란 중앙행정부와의 협약 아래 아라우카 인디언에 의해 만들어졌다. 여러 세기 동안 독립 아라우카인들은 거세게 저항했고 때때로 잉카인, 스페인인, 그리고 칠란 정부가 악랄한 군사 행동으로 아라우카를 정복해 식민지화하려고 했다. 「마추피추 산정」과 다른 여러 작품에서 네루다는 아라우카인(그리고 '아라우카' 지역)을 칠레의 정치적 독립성과 온전한 상태의 은유로 썼다. 때로는 남미 전체의.

011-12

퀴트라투에: 1875년 퀴트라투에(또는 쿼트라투에) — 아라우카인의 한 부족 — 의 인구는 160명이었다. 여기서는 팜귀풀리 호(湖)를 포함 한때 그들의 영토였던 테무코 남쪽, 아라우카의 황폐한 화산섬의 얼어붙은 고원지대를 가리킨다.

015-7

칠란: 마틸데 우루티아의 탄생지로, 산티아고 남쪽의 드라마틱한 산악 지방(그리고 화산 지대). 1939년 지진으로 황폐

화되었다. 이 도시를 다시 일으켜세울 때 다비드 알파로 시케이로스가 그린 유명한 벽화는 네루다와 관련이 있기도 하다.

019-1

이슬라 네그라 : 1939년 이후 네루다는 칠레 중부 이슬라 네그라의 바다가 보이는 집에서 많이 지냈다. 1955년 네루다와 마틸데 두 사람은 네루다가 지은 집 라 차스코나로 이사했다. 1959년 그는 발파라이소에 라 세바스티아나라는 집을 지었다.

022-5

앙골 : 칠란 남쪽 아라우코의 말레코 지방 수도.

026-1

이키쿠 : 칠레 북부에 있는 어업 및 관광 도시. 수마일씩 이어지는 기막히게 흰 모래 해변이 있다.

2

둘세 강 : 하구에 결빙하지 않는 항구들이 있는 과테말라의

강.

030-1

아키펠라고 : 테무코 남쪽 칠레의 나머지 부분은 수천의 야생 섬들로 이루어진 군도(群島)이다.

031-2

로타 : 칠란에서 오십 마일 떨어져 있는, 콘셉시온 지역의 태평양 연안에 있는 도시. 약초와 탄광으로 유명하다.

033-2

1955~56년 네루다 부부는 소련과 중공 및 몇몇 사회주의 국가와 프랑스 이태리 등을 여행했다. 남미로 돌아오는 길에 그들은 브라질과 우루과이에 들렀고, 토토랄, 코르도바, 아르헨티나에 여러 달 머물렀다.

041-1

1월 : 남반구에서 1월은 한여름이다. 또한 예컨대, 074-1에서 보듯 8월은 늦겨울/이른봄이고 088-1에서 보듯 3월은 가을이다.

050-1

코타포스: 작곡가이며 이야기꾼으로도 유명한데, 산티아고에서 네루다와 가깝게 지냈다.

057-1

거짓말쟁이들: 1950년대에 네루다는 어떤 문학집단의 공격을 받았다. 초기의 초현실주의적 서정시를 포기하고 정치적인 발언을 하는 민중시를 쓴다는 이유에서였다.

059

G.M.: 분명히 가브리엘라 미스트랄(또는 Lucila Godoy Alcayaga)이다. 1945년에 노벨 문학상을 받은 미스트랄은, 네루다가 어렸을 때, 테무코에 있는 시골 학교의 교장이었다. 그때는 서로 잘 몰랐으나 나중에 두 사람은 친구가 되었다. 미스트랄은 1957년 1월에 죽었는데, 그때는 네루다가 이 시편들

을 쓰고 있을 때였다.

068

선수상(船首像) : 네루다는 옛 범선들의 선수상(이물 장식)
을 열심히 수집했다. 그중 하나인 마리아 셀레스테는 그의 집
바깥 바닷가에 있는데 겨울이면 눈물을 흘린다고 했다. 또다
른 하나는 네루다가 가브리엘라 미스트랄을 닮았다고 한 것
으로, 그 지방의 경건한 여자들이 숭배하는 인물에게 하듯이,
그 상 앞에 촛불을 켜놓고 꽃을 바치고 하는 바람에 네루다
부부는 그걸 말려야만 했다고 한다.

072-11

토코피야 : 안토파가스타 북쪽 황량한 지역에 있는 항구로,
초석 제조와 추키카마타 광산에서 나는 구리 채광의 중심지.

076-1

디에고 리베라 : 1940~43년 사이 네루다는 멕시코 총영사
로 근무하던 중 멕시코 화가 디에고 리베라를 알게 되었다. 네

루다는 그의 사회주의적, 민중적 벽화를 찬양했다.

085-8

파타고니아 : 남미 대륙 남단에 있는 강우량이 적고 모진 바람이 부는 고원.

086-1

남십자성 : 네 쪽으로 갈라져 빛나는 이 별은 남반구 겨울의 징표이다.

087-2

안토파가스타 : 북부 칠레의 이 산 많은 사막지대는 세계 그 어느 곳보다도 햇빛이 강렬하다. 안토파가스타를 향해 날아가는(그리고 그곳을 지나서, 13행) 새들은 겨울을 찾아 북쪽으로 날아가는 것이다.

사랑의 광활함

1

네루다의 세번째 부인인 마틸데 우루티아에게 바친 이 시
집의 작품들은, 그의 다른 작품들이 그렇듯이, 그의 온몸에서,
싹이 트고 꽃이 피듯이, 피어나고 넘쳐 흐른 것이다. 활화산과
도 같은 그의 상상력이 낳은 이미지들의 분출은 그의 몸과 영
혼이라는 지층이 얼마나 비옥한 것인지 말해주는 것이지만,
그 감동의 원천은 또한 그의 그 가차없는 진정성이다.

이 시집에서 우리는 우리도 겪어서 잘 알고 있는 사랑의 양
면성―사랑의 기쁨과 슬픔, 쾌락과 고통을 읽지만, 그 흔한 사
랑의 과정이 상투성을 넘어서(네루다의 모든 시는 물론 상투
성 같은 것하고는 아무 상관이 없다) 놀랍게도 새롭고 풍부한
세계를 열고 있는 것은 물론 그의 상상력과 진정성 때문이다.
그리하여 그 속에서는 쾌락이 그것 속에 '갇혀' 있지 않고, 고

통이 또한 그것 속에 '갇혀' 있지 않으며, 쾌락과 고통은(즐
거우나 괴로우나) 대단히 역동적이고 광활한 것이 된다. 그리
고, 말할 것도 없이, 그게 시적 이미지의 힘이요 노래의 위대
성이다.

2

첫 시에서 마틸데는

> 마틸데: 식물의 이름, 바위, 또는 와인의,
>
> 땅에서 시작하는 것들, 그리고 오래 가는 것들의 이름:
>
> 그 성숙 속에서 새벽이 처음 열리는 말,
>
> 그 여름 속에 레몬의 빛이 터지는 말.

이라고 얘기되고 있는데, 산문적이고 사실적인 소개가 그의
자전적인 회고록에 들어 있어서 읽어본다.

내 아내는 나와 마찬가지로 시골 출신이다. 그녀는 남부의
도시 칠란에서 태어났는데, 그곳은 다행스럽게는 농부가 만든

도자기로 유명하고, 불행하게는 참혹한 지진으로 유명하다. 내
『100편의 사랑 소네트』에서 그녀에게 말하면서, 나는 내가 느
끼는 모든 걸 말했다.

아마 그 시들은 그녀가 나에게 얼마나 큰 의미를 지니는지
말해줄 것이다. 삶과 땅이 우리를 한데 묶었다.

그건 누구의 흥미도 끌지 못할지 모르지만, 우리는 행복하
다. 우리는 칠레의 외로운 해변에서 오래 머물면서 함께 시간
을 보낸다. 해변이 햇빛으로 바싹 마르고, 황석으로 사막같이
되는 여름에는 그러지 못한다. 그러나 겨울에는 그렇다; 이때
는 비와 추위가 초록과 노랑, 청색과 자색 등의 꽃을 놀랍게 꽃
피워 화려하게 꾸민다. 가끔 우리는 거칠고 고독한 바다를 떠
나 편치 않은 도시 산티아고로 올라가기도 하는데, 거기서 우
리는 복잡하게 얽혀 있는 타인들을 이겨내기도 한다.

마틸데는 나의 노래들을 힘찬 목소리로 노래한다.

내가 쓰는 모든 글과 내가 가진 모든 건 그녀에게 바친 것이
다. 그건 많지 않으나, 그녀를 행복하게 한다.

나는 그녀의 작은 구두가 정원의 진흙 속에 빠지는 걸 보는
가 하면 또 어떤 때는 그녀의 작은 손이 식물의 뿌리처럼 깊이

잠기는 걸 본다. 땅으로부터—그녀의 발과 손과 눈과 목소리로—그녀는 모든 뿌리, 모든 꽃, 모든 향긋한 냄새가 나는 행복의 열매들을 나한테 가져다주었다.

그러나 시인의 온몸에서 시가 터지게 한 마틸데는, 위에 인용한 시에서 보듯이, 사랑에 빠진 모든 당사자들의 이름을 대표하는 황홀의 원천이기도 하고, 어떤 종류의 사랑이든지 간에, 새벽이 처음 열리게 하는 사랑의 고유한 힘의 원천이기도 하다. 그런 사랑이라는 에너지 속에서, "나는 존재하는 모든 것을 안"고, "모든 게 살아 있고 그래서 나도 살아 있을 수 있"게(「008」) 되며, 사랑하는 사람의 "눈길이 물로 가면, 물결이 일고, 손길이 흙으로 가면, 씨앗들이 부풀어 오르"는 (「034」)것이다.

사랑은 물론, 모든 사랑이 그렇듯이, "가시투성이 열정의 덤불 속/가시관을 갖고 있는 제비꽃,/슬픔의 창槍, 분노의 화관花冠"(「003」)이기도 하고 "눈물로 수분을 삼으며, 그건 뿌리를 내리"(「071」)기도 하는 것이다. 그래서 시인은 "당신을 사랑하고, 당신을 사랑하지 않는다. 마치 내가/손에 열쇠 두 개를 쥐고 있는 듯이: 기쁨의 미래와 ─/불쌍하고 엉망진창인 운명을 여는 ─//내 사랑은 당신을 사랑하기 위해 두 삶을 갖고 있다:/그게 내가 당신을 사랑하지 않을 때 당신을 사랑하고,/또 내가 당신을 사랑할 때 사랑하는 이유이다"(「044」)라고 이야기하기도 한다.

3

시적 날개(이미지)를 얻은 사랑은 죽은 뒤에도 살아나고 끝난 뒤에 다시 시작한다. 다시 말해서 시인의 상상력 속에서 인간의 의지와 욕망은 놀라운 전망을 얻는데, 시간적으로나 공간적으로 가서 닿지 못하는 데가 없는 거의 전능한 움직임이 여는 그 세계는 더없이 광활하며 그걸 보는 사람을 경이와 슬픔의 전율 속에 있게 한다. 그건 말하자면 '불멸'의 체험이다.

내가 죽더라도, 당신은 창백함과 차가움을 맹렬함으로 만든

그런 순수한 힘으로 살아남아다오;

당신의 지워지지 않는 눈을 남에서 남으로,

태양에서 태양으로 반짝여다오, 당신의 입이 기타처럼 노래

할 때까지.

나는 당신의 웃음이나 발걸음이 비틀거리는 걸 원치 않는다;

나는 내 행복의 전설이 죽기를 바라지 않는다;

내 가슴을 청하지 말아다오: 나는 거기 없으니.

집에 살듯이 내 부재 속에 살아다오.

부재는 아주 큰 집이어서

당신은 벽으로 걸어들어갈 수 있고,

그림들을 허공에 걸어놓을 수 있다.

부재는, 죽었어도 내가 당신을 보게 될

그런 투명한 집이며,

만일 당신이 괴로우면, 사랑이여, 나는 두 번 죽을 것이다.

—「094」 전문

"부재는 아주 큰 집"이며, 실은, 인생살이의 여러 감정들의
갈피들이나 생명의 오고감, 마음 안팎의 침묵의 광활함과 같

은 맥락에서 느끼면, 부재는 그 어떤 존재보다도 더 존재하는 것이라고 말할 수 있다.

그리고 부재를 아주 큰 집으로 만드는 기적의 건축가가, 죽어서 땅에 묻힌 뒤에도 어떻게 또하나의 눈부신 우주를 탄생시키는지, 더없는 선물인 '불멸'―그 불가능한 꿈을 '영원한 현재로' 실현시키는지 보기 위해 마지막 작품을 읽으면서 불멸 쪽으로 넘어가보자.

땅의 한가운데서 나는 당신을 보기 위해
에메랄드를 옆으로 밀어놓으리―
당신은 무슨 필경생처럼, 물의
펜으로, 식물의 초록 잔가지들을 베끼고 있네.

이 무슨 세계인가! 얼마나 깊은 파슬리인가!
이다지 기분 좋은 것 속으로 항해하는 배라니!
당신은 아마―나도 아마―토파스黃玉이티.
종소리 속에는 더이상 불화가 없을 테고.

거기엔 맑은 공기뿐이리,
바람에 실려온 사과들,
숲에는 즙 많은 책:

그리고 거기 카네이션이 숨쉬는 곳에서 우리는
손수 옷을 만들리, 승리의 키스의
영원 내내 있는 그 무엇을.

텍스트로는 *100 Love Sonnets*(Translated by Stephen Tapscott, University of Texas Press, 1986)을 썼다.

2002년 봄

옮긴이

초판을 다시 읽으며 여러 군데를 고치고 오역도 바로잡았다. 아직도 미흡하지만 이것으로 『100편의 사랑 소네트』 한국어판의 운명이 일단 정해진 걸로 여길까 한다.

2004년 여름

옮긴이

문학동네 세계문학
100편의 사랑 소네트

1판 1쇄 2002년 5월 13일 | 개정판 7쇄 2024년 1월 12일

지은이 파블로 네루다 | 옮긴이 정현종

펴낸곳 (주)문학동네 | 펴낸이 김소영
출판등록 1993년 10월 22일 제2003-000045호
주소 10881 경기도 파주시 회동길 210
전자우편 editor@munhak.com | 대표전화 031) 955-8888 | 팩스 031) 955-8855
문의전화 031) 955-1927(마케팅) 031) 955-1917(편집)
문학동네카페 http://cafe.naver.com/mhdn
인스타그램 @munhakdongne | 트위터 @munhakdongne
북클럽문학동네 http://bookclubmunhak.com

ISBN 89-8281-848-0 03840

잘못된 책은 구입하신 서점에서 교환해드립니다.
기타 교환 문의 031) 955-2661, 3580

www.munhak.com